AMANTE HABITUAL

NATALIE ANDERSON

Editado por HARLEQUIN IBÉRICA, S.A.
Núñez de Balboa, 56
28001 Madrid

© 2011 Natalie Anderson
© 2015 Harlequin Ibérica, S.A.
Amante habitual, n.º 2040 - 13.5.15
Título original: Nice Girls Finish Last
Publicada originalmente por Mills & Boon®, Ltd., Londres.

I.S.B.N.: 978-84-687-6031-5
Depósito legal: M-4346-2015
Impresión en CPI (Barcelona)
Fecha impresion para Argentina: 9.11.15
Distribuidor exclusivo para España: LOGISTA
Distribuidor para México: CODIPLYRSA
Distribuidores para Argentina: Interior, DGP, S.A. Alvarado 2118.
Cap. Fed./Buenos Aires y Gran Buenos Aires, VACCARO HNOS.

Capítulo Uno

—¡Voy!

Lena se tapó los ojos con la mano y abrió la puerta del vestuario. Siempre avisaba antes de entrar, para que tuvieran tiempo de ponerse algo encima, pero la mayoría no se tomaba la molestia. Se habían acostumbrado a ella y su presencia les incomodaba tan poco como el papel pintado de la pared.

Sin embargo, aquel día estaba entrando y saliendo más de lo habitual, y ellos se estaban vistiendo y desvistiendo más veces que de costumbre; así que, antes de destaparse los ojos, echó una miradita entre los dedos.

Tras comprobar que todos llevaban una toalla alrededor de la cadera, bajó la mano y dejó en el suelo la pesada bolsa que llevaba.

—Os he traído el siguiente lote de calzoncillos. ¿Lo queréis ahora?

—No, todavía no —respondió Ty, el capitán del equipo de rugby—. Estamos a punto de rodar la escena de la ducha.

—Ah, de acuerdo.

Lena echó un vistazo a la sala, buscando un sitio donde dejar la bolsa. Y un segundo después, se quedó sin aliento.

Diecinueve hombres prácticamente desnudos la habían rodeado.

Desconcertada, respiró hondo e hizo un esfuerzo por mantener la vista en los ojos de sus compañeros. Al fin y al cabo, la tentación de mirar era muy grande. ¿Cómo no lo iba a ser? Estaba rodeada de atletas, de campeones con músculos y cuerpos perfectos, que habrían llamado la atención de cualquier mujer heterosexual de sangre caliente.

Y Lena tenía la sangre tan caliente como la que más.

Pero sabía controlar sus impulsos. Llevaba más de dos años en ese trabajo y se había acostumbrado a esas situaciones, de modo que se limitó a entrecerrar los ojos y a preguntar, con tono de hermana mayor:

—¿Se puede saber qué estáis haciendo?

Ty contestó con una sonrisa pícara.

—Necesitamos que nos ayudes.

Lena le plantó la bolsa en las manos, en un intento por conseguir que retrocediera y se llevara a los demás con él.

—Lo siento, pero tengo que ir a buscar las camisetas.

—Pues tendrán que esperar –intervino Jimmy, otro de los jugadores–. Tenemos que hablar contigo.

—¿De qué?

—El fotógrafo dice que tenemos que brillar.

Lena arqueó una ceja.

–¿Brillar? ¿A qué te refieres?

Jimmy alcanzó un botecito de aceite para la piel y se lo enseñó.

–Quiere que nos pongamos esto. Por todo el torso.

–¿Y dónde está el problema?

–En que tendremos que ponernos el aceite los unos a los otros –respondió Jimmy–. Pero después tenemos que rodar escenas con el balón… Y si estamos impregnados de aceite, no lo podremos agarrar. Se nos escurrirá entre las manos.

–Pues lavaos las manos –dijo ella.

–No serviría de nada –declaró Ty.

El capitán de los Silver Knights se acercó y le pasó una mano por la cara, para demostrarle que seguía tan resbaladiza como antes de lavársela.

–Ayúdanos –le rogó Max, con ojos de perrito abandonado–. Se lo podríamos pedir al fotógrafo, pero…

Lena supo entonces lo que pasaba. Era otra de sus bromas. Los jugadores del equipo de rugby la trataban con respeto, y ni siquiera se molestaban en coquetear; pero, de vez en cuando, le tomaban el pelo con ese tipo de cosas. Incluso habían adquirido la costumbre de burlarse de los jugadores nuevos animándolos a que le pidieran una cita, a sabiendas de que ella los rechazaría.

Por suerte, Lena no quería salir con ninguno de ellos. Por muy impresionantes que fueran, estaba completamente centrada en su trabajo. Y, a decir verdad, ellos tampoco querían salir con ella. Solo lo hacían por divertirse; por arrancarle una risita tonta, un súbito rubor o una maldición en voz alta.

Pero esta vez habían ido demasiado lejos. ¿Querían que les frotara la espalda con el aceite? En ese caso, les iba a dar una lección.

–Comprendo… –Lena alcanzó el bote de aceite–. ¿Quién quiere ser el primero?

Todos la miraron con asombro.

–¿Lo vas a hacer? –preguntó uno.

–Por supuesto que sí –contestó.

Lena abrió el bote, se puso unas gotas de aceite y se frotó las manos.

–Está bien. Si el trabajo lo exige, no seré yo quien se oponga –siguió diciendo–. Aunque, ahora que lo pienso, os podría denunciar por acoso sexual…

Se quedaron tan boquiabiertos que Lena tuvo que hacer un esfuerzo para no sonreír.

–Estaba bromeando, chicos. Al fin y al cabo, no soy yo quien va a posar casi desnuda para que la gente pegue mi foto en una pared. Si alguien tiene derecho a presentar una denuncia por acoso sexual, sois vosotros. Pero supongo que es el precio de la fama… –dijo con sorna.

Los jugadores se pusieron en fila y ella les puso aceite con la eficacia, la celeridad y el distanciamiento de una enfermera. Ya estaba terminando cuando el fotógrafo apareció en el vestuario en compañía de Dion, el nuevo presidente del club.

–¿Ya estáis preparados?

–Casi –contestó el último jugador de la fila.

Lena le dio un poco más de aceite y le plantó la mano en el pecho con tanta fuerza que el jugador retrocedió. No lo había podido evitar. Por muy fría que se mostrara, seguía siendo un ser humano.

–Bueno, ¿a qué estáis esperando? –les preguntó–. Voy a buscar las camisetas. Vuelvo enseguida.

Salió del vestuario, dio unos cuantos pasos y se apoyó en la pared para recuperar el aliento. Momentos después, oyó las carcajadas de los jugadores. Los muy canallas la habían puesto en una situación comprometida para reírse de ella, pero les había devuelto la pelota y, de paso, les había dado unos cuantos manotazos más que satisfactorios.

Rio al recordarlo y, justo entonces, vio que no estaba sola. Un desconocido se había acercado y se había detenido junto a ella. Era alto, de ojos azules, cara perfecta y labios inmensamente deseables. No lo había visto en toda su vida, pero su cuerpo reaccionó al instante con un calor intenso que la dejó desconcertada. ¿Por qué reaccionaba así? Ella era inmune a la tentación de aquellos atletas perfectos. O eso creía.

–¿Te has divertido mucho? –preguntó el hombre.

Su voz sonó ronca y brusca a la vez, cargada de desaprobación. Lena lo miró y pensó que la habría tomado por una admiradora. Le pareció una idea de lo más divertida; pero, en cualquier caso, no se dejó intimidar.

–Más de lo que imaginas –replicó.

Él entrecerró los ojos.

–¿Qué estás haciendo aquí? Tengo entendido que es una zona restringida.

–Eso depende de a quién conozcas.

–¿Y a quién conoces?

–A todos –respondió ella, lentamente–. De hecho, los conozco muy bien.

Los jugadores volvieron a reír en el vestuario, y el desconocido frunció el ceño.

–Parece que ellos también se han divertido –observó con ironía.

Lena entreabrió los labios para tomar aire. Se había quedado sin aliento, atrapada por la mirada de aquel hombre. Pero tenía que estar bromeando. ¿Creía de verdad que era una admiradora y que se acababa de dar un revolcón con un equipo entero de rugby? Fuera como fuera, le iba a dar una lección.

–No sabes cuánto –dijo.

Él se acercó un poco más y apoyó una mano en la pared, atrapándola.

–Pues cuéntamelo.

Sus ojos brillaron con tanta picardía que a Lena se le aceleró el pulso. Se sentía profundamente tentada por él, y extrañamente deseosa de escandalizarlo.

–Sabes lo que dicen de los hombres y las mujeres, ¿verdad? Que ellos se excitan con las imágenes y nosotras, con las palabras.

–¿Y no es cierto?

Ella sacudió la cabeza, sin apartar la vista de sus ojos.

–No, no lo es. Las imágenes nos excitan tanto como a los hombres –contestó con sensualidad–. Y estar en un vestuario lleno de hombres desnudos… Creo que se me han quemado todas las neuronas.

Él sonrió.

–¿Es que tenías neuronas?

Lena se mordió el labio y parpadeó, haciéndose la tonta.

–Solo dos o tres –dijo.

–Pero se te han quemado…

–Oh, sí, están completamente achicharradas.

–Por todos los jugadores de un equipo de rugby…

–En efecto –dijo, absolutamente hechizada por sus ojos–. Todos han pasado por mis manos. Uno a uno.

El desconocido se acercó aún más. Mientras lo miraba, ella sintió el deseo de acariciarlo con las mismas manos que acababa de mencionar, aunque seguían impregnadas de aceite.

–¿Lo dices en serio?

–Sí, en serio. Ha sido tan excitante…

Él sonrió con malicia.

–¿Sabes una cosa? No te creo.

–Pues no miento nunca.

Él apoyó la otra mano en la pared y la atrapó entre sus brazos. Lena sacó fuerzas de flaqueza en un intento por controlar el ritmo de su desbocada respiración. Era increíblemente atractivo. Y tan alto y de hombros tan anchos que llegó a la conclusión de que sería un fichaje nuevo o un jugador de otro club.

–¿Me estás intentando convencer de que has estado besando a todos los jugadores del equipo? –preguntó él con firmeza–. Discúlpame, pero, si fuera verdad, lo notaría en tu cara. Se te habría corrido el carmín. Y está perfecto.

–Puede que me haya vuelto a pintar los labios…

–Sí, podría ser. Pero no parece que los hayan besado hace poco. Ni tienes el menor rubor en la cara… ni ese brillo de placer en los ojos.

–Es que me recupero con mucha facilidad –declaró ella con rapidez–. Es necesario en estos casos, cuando se está con tantos hombres.

–¿Ah, sí? Pues si es cierto que has estado con todos esos hombres, no te importará besar a uno más, ¿verdad?

Ella se quedó helada.

–¿Cómo?

Él bajó la cabeza y la besó. Lena ni siquiera intentó impedírselo. Tras un segundo de perplejidad, se dejó llevar por el deseo y se entregó por completo, ansiosa por disfrutar de aquel hombre asombrosamente masculino que la apretaba contra la pared y asaltaba su boca sin contemplaciones.

Al cabo de unos momentos, él le puso las manos en la cara, rompió el contacto de sus labios y dijo, satisfecho:

–Ahora ya tienes ese brillo en los ojos.

Lena abrió la boca con intención de decir algo ofensivo; pero no llegó a pronunciar ninguna palabra. Él se inclinó de nuevo y la volvió a besar, arrancándole un gemido de placer.

Era terriblemente excitante. Increíblemente audaz.

Mientras ella jugueteaba con sus labios, él le acarició el cuello y bajó las manos lentamente. Sus caricias aumentaron la excitación de Lena, que se estremeció y lo besó con más pasión, casi incapaz de controlarse. Ya ni siquiera se acordaba de que tenía las manos llenas de aceite y de que le estaba manchando la ropa. Se aferró a él con fuerza, dominada por un imperioso sentimiento de necesidad.

Lo deseaba de un modo salvaje.

Cerró los dedos sobre su chaqueta y notó que los músculos de la vagina se le tensaban, deseosos de cerrarse sobre algo duro. Algo tan duro como la erección de aquel hombre, que podía sentir contra su cuerpo.

No habría podido romper el contacto aunque hubiera querido. Estaban unidos por una especie de fuerza violenta. Lena se dejó llevar por las sensaciones, asaltando su boca y permitiendo que él asaltara la suya. Ya no le importaba nada que no fueran sus caricias.

Entonces, él cerró las manos sobre sus caderas. Lena volvió a gemir y le abrió la chaqueta con desesperación, ansiosa por apretar sus tensos y necesitados senos contra el espectacular muro de su pecho. La chaqueta le cayó hacia atrás, por encima de los hombros, limitándole parcialmente el movimiento de los brazos. Pero él no le apartó las manos de las caderas a Lena, ni la dejó de besar.

El sonido de una puerta los interrumpió y, acto seguido, el sonido de unas voces.

Él la soltó de inmediato, aunque tuvo el detalle de quedarse pegado a Lena, para que nadie la pudiera ver desde la puerta que se acababa de abrir. Fue un gesto agradable y sorprendentemente protector. Pero Lena no se quedó a darle las gracias. Era demasiado consciente de que su reputación acababa de saltar por los aires.

Su mente emitió una orden y su cuerpo la ejecutó.

Un segundo después, se fue corriendo.

Capítulo Dos

Lena conocía muy bien el complejo, así que corrió por el laberinto de pasillos, llegó a su despacho, alcanzó el bolso y, unos momentos después, todavía jadeante, se metió en el cuarto de baño.

Se detuvo ante el espejo y se miró, contenta de no haberse cruzado con nadie. Tenía el pelo alborotado, sus labios parecían más grandes que nunca y apenas le quedaba un poco de carmín. En cuanto a los ojos, tenía las pupilas tan dilatadas como si se hubiera tomado alguna droga potente. Y, a decir verdad, la había tomado. La droga del deseo, de las hormonas, de sus instintos más animales.

–¿Qué he hecho? –se dijo en voz alta.

Se frotó las manos bajo el agua, pero aún olían a aceite. Luego, sacó unos pañuelos, los mojó y se los llevó a los labios en un intento por reducir el calor, aunque no sirvió de mucho. Desesperada, se los pintó de nuevo. Sabía que el carmín no podía borrar lo sucedido, pero al menos le devolvería su aspecto de siempre; un aspecto elegante, de mujer competente y profesional.

Había sido increíblemente estúpida.

Había trabajado muy duro para ganarse el respeto de sus compañeros, para conseguir una reputación que acababa de destruir. ¿Y a cambio de qué? A cambio del beso más apasionante de toda su vida.

Pero un beso no valía tanto como un empleo.

Cerró los ojos, contó hasta diez y los volvió a abrir. A continuación, se cepilló el cabello, volvió al despacho y se dedicó a ordenar las camisetas para los jugadores, que la estaban esperando.

Mientras las ordenaba, se preguntó quién sería el hombre del pasillo y qué estaba haciendo allí. Al principio, había pensado que podía ser un fichaje nuevo, pero no era época de fichajes. ¿Quién podía ser? No tenía la menor idea. Solo sabía que tenía permiso para andar por zonas restringidas.

Sacudió la cabeza y se intentó convencer de que lo ocurrido era culpa de aquel hombre, que la había seducido sin más. A fin de cuentas, había empezado él. Se había acercado y la había besado. Ella era una víctima inocente.

Pero Lena no se pudo engañar. La había seducido porque se había dejado seducir. Porque lo deseaba con toda su alma.

Solo podía hacer una cosa: encontrar a Dion y preguntar por la felina mujer de ojos verdes que lo acababa de dejar sin aliento.

Había sido increíble. De hecho, estaba tan descolocado y desconcertado por ello que casi no podía andar. Pero hizo un esfuerzo y, tras pasarse una mano por los labios para quitarse los restos de carmín, se puso en marcha y entró en el vestuario del equipo.

–¿Estás aquí, Dion?

Dion se dio la vuelta y caminó hacia él. Estaba con los jugadores, que en ese momento posaban para un fotógrafo.

–Hola, Seth. Me alegra que hayas podido venir…

Dion era el nuevo presidente de los Silver Knights, aunque su cargo era simbólico y no participaba en la dirección del club. Se había hecho rico en el mercado inmobiliario y había decidido invertir una pequeña fortuna en su deporte preferido, el rugby. Seth estaba encantado con ello por muchos motivos.

–Yo también me alegro. ¿Qué tal va todo?

En lugar de responder a la pregunta, Dion se quedó mirando la chaqueta de Seth y dijo, con perplejidad:

–¿Qué te ha pasado?

Seth bajó la mirada y frunció el ceño al ver que las solapas de la chaqueta estaban impregnadas de algo aceitoso. Entonces, se acordó de que la mujer del pasillo se las había agarrado con fuerza y soltó una carcajada sin poder evitarlo. La muy bruja lo había hecho a propósito. Para darle una lección.

–No tengo ni idea… –contestó.

Dion arqueó una ceja y lo miró con escepticismo, pero Seth hizo caso omiso y volvió a mirar al grupo de jugadores.

–¿Qué están haciendo?

–Están posando para el calendario anual.

Seth sonrió.

–¿En serio?

En ese instante, se dio cuenta de que el cuerpo de los jugadores brillaba y preguntó al más cercano:

–¿Qué os habéis puesto?

–Aceite –contestó.

–Nos lo ha puesto ella… –comentó otro jugador, entre risas.

–Y ha sido increíble –intervino un tercero–. Aún siento el calor del manotazo que me ha dado… Es una sádica. Pero ha merecido la pena.

–¿De quién estáis hablando? –preguntó Seth.

–De Lena.

Lena. Por fin sabía el nombre de la mujer a quien había besado en el pasillo. Y, si la memoria no le fallaba, era el nombre de la mujer de la que Dion le había hablado. La mujer que le podía ahorrar un buen problema. La que necesitaba para su nuevo proyecto.

Sin embargo, el proyecto era lo último que le importaba en ese momento. La irresistible y sensual Lena había despertado tanto su curiosidad que no se pudo resistir a la tentación de preguntar por lo que habían estado haciendo con ella.

–¿Y qué ha pasado?

–Nada grave. Le hemos pedido que nos pusiera aceite –respondió uno con sonrisa pícara–. Estábamos seguros de que nos mandaría al infierno, pero ha aceptado y nos lo ha puesto… a manotazo limpio.

Todos los jugadores rieron.

—¡Perfectos! ¡Así estáis perfectos! —exclamó el fotógrafo, cámara en mano—. Seguid hablando y riendo.

—Tendrías que haber visto la cara que tenía Lena.

—Supongo que se lo habrá pasado en grande —dijo Seth.

—Es posible, pero con la expresión más seria que puedas imaginar. Esa mujer es fría como un témpano.

Seth pensó que no podía estar más equivocado. Lena no tenía nada de fría. Pero se lo calló y, tras sacar los pocos objetos que llevaba en la chaqueta, se la quitó y la tiró al cubo de la basura, consciente de que en ninguna tintorería le podrían quitar las manchas.

—¿Es la mujer que ha salido hace unos minutos del vestuario? Llevaba un vestido azul… Tiene pelo oscuro, ojos verdes y unas curvas que…

—Sí, esa es —lo interrumpió Ty, el capitán.

—Ah, así que ya os habéis conocido… —dijo Dion—. Te había hablado de ella. Es Lena Kelly. Se encarga de la organización, de las relaciones públicas y de un montón de cosas más.

Seth asintió. Ya había llegado a la conclusión de que era la misma mujer, pero le extrañó que Dion no se hubiera molestado en comentar que tenía un cuerpo de escándalo.

–De todas formas, Lena está fuera de nuestro alcance –declaró Ty–. No le interesamos en absoluto.

–¿Por qué? ¿Es que está saliendo con alguien? –preguntó Seth.

–Tengo entendido que no, pero no quiere saber nada de nosotros –respondió el capitán–. Es una mujer increíble… Y esconde tan bien sus emociones que nunca sabes lo que se oculta tras esos ojos.

–Unos ojos preciosos –comentó uno de sus compañeros.

–Tan preciosos como todo en ella –declaró otro jugador–. Pero no hay quien se le acerque. Es intocable.

El ego de Seth se infló como un globo. Por lo visto, Lena Kelly era intocable para todo el mundo excepto para él.

–Sí, ya me he dado cuenta de que es una mujer impresionante.

–No me digas que te gusta… –dijo Dion.

De repente, los jugadores miraron a Seth con cara de pocos amigos; aparentemente, no les agradaba la idea de que compitiera con ellos por el afecto de Lena. Seth lo notó y decidió tranquilizarlos. Aunque solo fuera porque necesitaba que estuvieran de su parte y que lo ayudaran con su nuevo proyecto.

–No, no es que me guste. Me limitaba a constatar un hecho –afirmó.

A pesar de las palabras de Seth, los jugadores

no recobraron su anterior buen humor. Sin pretenderlo, había despertado el instinto protector de los miembros del equipo, que evidentemente respetaban y apreciaban a Lena.

Seth tomó nota y se dijo que tendría que ser cauteloso, aunque no estaba dispuesto a renunciar a lo que sentía. Lena le gustaba demasiado. Y era obvio que él también le gustaba a ella.

–De todas formas, está fuera de tu alcance –comentó Ty–. Lena no sale nunca con hombres famosos.

Seth guardó silencio, pero pensó que eso no era un problema. Para empezar, porque él no era famoso en el mismo sentido que los jugadores del equipo y, para continuar, porque Lena ni siquiera lo había reconocido.

–Yo no estaría tan seguro… –dijo Dion con una sonrisa–. Sospecho que Seth tendría más suerte que los demás. ¿Apostamos algo?

–No, nada de apuestas –dijo Seth–. Nunca apuesto en asuntos de mujeres. Da mala suerte.

Dion rio.

–Sí, puede que tengas razón. Pero basta de hablar de Lena… No quiero ni imaginar lo que diría si nos oyera.

Los jugadores rompieron a reír y el fotógrafo estuvo a punto de dar saltos de alegría, porque era una imagen perfecta para sus propósitos.

–Así que estáis posando para el calendario, ¿eh? –dijo Seth, cambiando de conversación–. Seguro que os encanta posar.

–Si tú lo dices…

Uno de los jugadores gimió. Al parecer, estaban hartos de posar, pero el fotógrafo los llamó al orden y no tuvieron más remedio que seguir con la sesión.

Mientras los miraba, Seth se puso a pensar en lo sucedido. Aún no sabía si había sido placentero o doloroso; pero, desde luego, había sido intenso. Y quería probar otra vez.

–¡Voy!

Seth se puso en tensión al reconocer la voz que sonó al otro lado de la puerta. Era ella. Entró cargada con un montón de camisetas.

–Gracias, Lena –dijo Dion–. ¿Puedes hacer el favor de colgarlas en el armario? Será mejor que se duchen antes de ponérselas, o las dejarán perdidas de aceite.

Dion se giró entonces hacia Seth y dijo:

–Seth, te presento a nuestra artista de las relaciones públicas, Lena Kelly. Lena, te presento a Seth Walker.

Seth la miró con intensidad, para ver si había reconocido su nombre; pero Lena se había puesto a colgar las camisetas y, cuando se dio la vuelta, su expresión era tan neutral como la de un jugador de póquer.

Se la quedó mirando durante unos segundos, pero ella no le devolvió la mirada. Se había pintado los labios otra vez, y su boca le pareció tan tentadora que se sintió terriblemente frustrado por no poder besarla.

Seth Walker.

A Lena le pareció increíble que no lo hubiera reconocido. Su fama era tal que hasta tenía una entrada en la Wikipedia. Comparados con él, los jugadores del equipo de rugby eran poca cosa. Era dueño de la mitad de Christchurch y había transformado zonas enteras de almacenes abandonados en edificios elegantes, restaurantes de lujo y clubs de moda.

Pero, por muy increíble que fuera, no lo había reconocido.

¿Quién iba a imaginar que el hombre que la había besado era Seth Walker, el hombre que se había convertido, según la prensa del corazón, en el soltero más deseable de la década?

Se preguntó qué estaría haciendo allí. Por lo que sabía de él, no tenía ninguna relación con el mundo del rugby; pero, si era amigo de Dion, cabía la posibilidad de que lo hubiera invitado a visitar el estadio de los Silver Knights.

–Seth, yo me tengo que quedar en el vestuario –dijo entonces Dion–. Lena te llevará al despacho, si le parece bien…

–Por supuesto.

–Llévalo por la ruta panorámica –continuó Dion–. Creo que no ha visto esa parte del estadio.

–Faltaría más… –Lena se giró hacia los jugadores de rugby–. Hasta luego, chicos.

–Espero que haya refrescos –dijo uno de ellos.

–Solo bebidas isotónicas. Lo siento mucho, pero son órdenes del médico. Las tenéis en el frigorífico –replicó con una sonrisa–. Nos vamos, ¿señor Walker?

Ella salió del vestuario y él la siguió.

–No me llames señor, por favor. Llámame Seth –dijo en voz baja.

Lena se estremeció al volver a oír su voz; especialmente porque ahora estaban en el mismo pasillo donde se habían besado. Pero apretó el paso e intentó mantener la compostura. Aquello era de lo más embarazoso. Cuando estaba cerca de él, se sentía como si fuera una adolescente encaprichada.

–Como puedes ver, esta es la zona de los jugadores –empezó a decir, en un esfuerzo por mantener la conversación en un marco puramente profesional–. Ahora nos dirigimos a la zona de palcos de los directivos, que están a lo largo de la tribuna.

Lena le dio todo tipo de detalles sobre el estadio y su historia, pero estaba tan tensa que fue una explicación más bien atropellada. Cuando terminó con el estadio, le empezó a hablar de los jugadores y de sus estadísticas. Cualquier cosa con tal de matar el tiempo hasta que llegaran al despacho.

Era dolorosamente consciente de su altura y de sus movimientos felinos. Además, Seth no parecía interesado en las vistas del estadio; de hecho, la miraba con intensidad y no le quitaba la vista de encima.

Ya estaban llegando al despacho cuando él dijo:

–Lena, te aseguro que esas estadísticas no me interesan nada.

Ella se detuvo y lo miró.

–Entonces, ¿de qué quieres que te hable?

–De tus estadísticas.

–¿De mis estadísticas? –preguntó, desconcertada.

Seth sonrió.

–Bueno, es evidente que has memorizado todos los datos de hasta el último hombre que juega en el equipo, pero tú me interesas más –respondió–. Además, estamos en desventaja… sospecho que sabes más cosas de mí que yo de ti.

Lena guardó silencio.

–Está bien, te lo pondré más fácil. Me llamo Seth, mido un metro noventa, soy Sagitario, estoy soltero, me dedico a vender edificios y no tengo ninguna enfermedad –comentó con humor–. ¿Y tú?

Lena intentó responder, pero no pudo decir nada. Estaba hechizada por aquellos ojos azules.

–Si no quieres hablar, seguiré yo. Pero corrígeme si me equivoco –dijo–. Te llamas Lena y eres esbelta y elegante.

Ella no dijo nada.

–Estás soltera y eres terriblemente sexy.

–Y tú, demasiado desenvuelto.

Seth se acercó un poco más.

–Ah, vaya, veo que también eres sarcástica.

–No es para menos. Confieso que me tienes asombrada.

–Y tú a mí –dijo él–. Lo que ha pasado antes ha sido… maravilloso.

Lena sonrió.

–¿No crees que estás siendo demasiado directo?

–¿Demasiado directo? –él arqueó las cejas–. Créeme, estoy haciendo esfuerzos por refrenar mis impulsos. Sabes perfectamente que preferiría hacer algo más interesante que hablar… y estoy seguro de que tú también lo preferirías.

Lena sintió un calor intenso. Y no solo en la cara, el pecho y el estómago, sino también en las rodillas y en los dedos de los pies. Aquel hombre era increíblemente atrevido, y despertaba en ella su parte más atrevida.

–Por cierto, me debes una chaqueta nueva.

–Y tú me debes una disculpa.

–¿Por qué? ¿Por darte un beso? –Seth alzó la barbilla en gesto desafiante–. No me arrepiento de haberte besado.

–No, por darme un beso, no. Por las insinuaciones que hiciste antes de besarme.

–Ah, por eso… Está bien, lo siento.

Lena contempló el destello pícaro de sus ojos azules y su sonrisa voraz. Tenía tanta seguridad en sí mismo que resultaba profundamente sexy; y la provocaba tanto que dijo, dejándose llevar por el deseo:

–No me contentaré con una disculpa tan pobre. Cena conmigo e inténtalo de nuevo.

Él arqueó las cejas.

–¿Que cene contigo?

–Sí, pero nada de restaurantes. Prefiero la comida casera.

Seth se quedó helado. Lena lo acababa de invitar a cenar. O, más bien, se acababa de invitar a cenar, porque quería que la llevara a su casa.

Durante unos segundos, ella lo miró como si no pudiera creer lo que acababa de decir; pero parpadeó dos veces y le mantuvo la mirada con toda la energía de sus ojos verdes. Definitivamente, era toda una mujer.

–¿Cuándo sales del trabajo? –le preguntó.

Lena se ruborizó un poco.

–Puedes pasar a recogerme a las seis en punto. Te estaré esperando en la puerta 4.

–En la puerta 4… –repitió él–. De acuerdo.

Seth se había acercado tanto que casi se tocaban. Incapaz de resistirse, bajó la cabeza y admiró las curvas del cuerpo de Lena, que cerró las manos y apretó los puños con fuerza. Cuando la volvió a mirar a los ojos, vio que sus pupilas estaban dilatadas; pero supo que no era una reacción de miedo, sino de deseo. Y le excitó hasta el punto de que olvidó todo lo demás, empezando por el motivo que lo había llevado al estadio.

–¿Tienes alguna preferencia en cuestión de comida? ¿Eres vegetariana o algo así?

Ella tragó saliva.

–No tengo preferencias especiales. Pero las cosas me gustan… frescas.

Seth la miró con más intensidad. Tenía una piel perfecta, sin una sola peca. Si no hubieran estado en el estadio, habría acariciado cada centímetro de su piel y habría disfrutado de todo lo que pudiera ofrecer aquel cuerpo maravilloso.

Se quedaron mirándose en silencio, hasta que ella parpadeó de repente, con timidez. En ese momento, Seth supo que Lena Kelly no era tan atrevida como intentaba hacerle creer.

El ambiente se había cargado. Seth admiró el leve movimiento de su pecho, que subía y bajaba con más rapidez de lo normal, y sintió la tentación de meterla en una de las salas y terminar lo que habían iniciado en el pasillo.

–Será mejor que entres en el despacho de Dion –dijo ella–. Llegará en cualquier momento, y se extrañará si no estás.

Seth pensó que la situación no podía ser más irónica. Lena no sabía que no había ido al estadio para hablar con Dion, sino para hablar con ella. Pero no quiso estropear la perspectiva de una velada fascinante y empezar a hablar de negocios. Sus prioridades habían cambiado. Primero, Lena y, después, el proyecto.

–Muy bien. Nos veremos a las seis.

La deseaba tanto que apenas se podía controlar. Tuvo que apretar los puños para resistirse al impulso de dar media vuelta, tomarla entre sus brazos, tumbarla en el suelo y hacerle el amor. Pero estaba dispuesto a esperar un poco, porque tenía el convencimiento de que Lena sería suya antes de que acabara la noche.

Capítulo Tres

Lena se sentó ante la mesa de su despacho. No sabía si reír o llorar.

¿Qué había hecho? ¿Por qué le había pedido que la llevara a cenar? Y, sobre todo, ¿por qué le había pedido que la llevara a su casa? Estaba tan tensa que volvió a reír, de puro nerviosismo. Después, miró el reloj y vio con desesperación que eran las cinco de la tarde. Solo faltaba una hora para la cita.

Los diez minutos siguientes, se dedicó a pensar en el deseo que sentía y en los motivos que la habían empujado a ser tan atrevida con él. Luego, oyó voces en el corredor y se estremeció, pero, afortunadamente, pasaron de largo.

El tiempo pasaba muy despacio. Ni siquiera sabía por qué había aceptado su ofrecimiento. Seth Walker era un hombre que podía salir con las mujeres más atractivas del mundo y, sin embargo, se había encaprichado con ella. Lena no lo podía creer. Los jugadores del equipo se le insinuaban constantemente, pero solo porque sabían que los iba a rechazar. No era más que un juego.

Extendió el brazo y puso la mano recta, para

ver si su nerviosismo era visible. Y lo era. Le temblaba tanto la mano que se sintió incapaz de seguir adelante con su pequeña aventura. Nunca había sido una mujer fatal. Nunca había sido atrevida. Y, por supuesto, nunca pensaba en tórridas y salvajes relaciones sexuales.

O casi nunca.

Decidida a encontrar una explicación, se planteó la posibilidad de que su contacto diario con los jugadores del equipo le hubiera activado la libido. Hasta entonces le había restado importancia a ese hecho; pero se intentó aferrar a él porque era más fácil que admitir lo mucho que Seth Walker le gustaba.

Sin embargo, no se pudo engañar. De algún modo, Seth se las había arreglado para sobrepasar sus defensas y despertar sus instintos.

Volvió a mirar la hora y se puso a dar golpecitos en la mesa con los dedos. Si hubiera tenido su número de teléfono, lo habría llamado para suspender la cena; como lo tenía, alcanzó el bolso y salió del despacho cuando solo faltaban diez minutos para las seis.

Segundos más tarde, oyó una voz.

–Lena…

Lena se dio la vuelta, helada. Era Seth. Estaba apoyado en el marco de la puerta del despacho de Dion.

–¿Qué estás haciendo aquí? –preguntó ella.

Él sonrió.

–Te estaba esperando.

–Pero si hemos quedado en la salida…

–Ah, sí, es verdad. Lo había olvidado –respondió con humor–. La puerta 4, ¿verdad? Pero creo recordar que está en dirección contraria.

Lena no dijo nada. Seth tenía razón. Y, obviamente, se había dado cuenta de que tenía intención de dejarlo plantado.

–Bueno, es una suerte que nos hayamos encontrado en el pasillo –continuó él con suavidad–. Si te hubieras equivocado de puerta, no nos habríamos visto.

–Sí, menos mal –dijo ella.

Él volvió a sonreír.

–¿Nos vamos?

Lena intentó encontrar las fuerzas necesarias para negarse, pero guardó silencio. Seth la tomó del brazo y la llevó hacia las escaleras, mientras ella se volvía a maravillar por el efecto que le causaba. El simple roce de sus dedos o el simple sonido de su voz bastaban para excitarla de inmediato.

Por desgracia, estaba segura de que aquello no podía salir bien. Nunca había sido tan descarada, tan sensual; no lo había sido en ninguna de sus relaciones, y le pareció irónico que empezara a comportarse de esa forma cuando precisamente estaba con un hombre de una liga muy superior a la suya. Seth se habría acostado con las mujeres más apasionadas del mundo. En cambio, ella siempre había sido de la media, incluso en el sexo.

–Siento lo de tu chaqueta –susurró cuando llegaron a la salida del estadio.

Él rio.

–No importa; me compraré otra.

Lena lo siguió hasta el aparcamiento. En parte, porque no encontró ninguna excusa de peso para suspender la cena y, en parte, porque caminaba con tanta seguridad que seguirlo era mucho más fácil que resistirse a él.

Lo miró e intentó adivinar su expresión, pero no pudo porque se había puesto unas gafas de sol. Lena decidió ponerse las suyas, pero estaba tan tensa que no fue capaz de meter la mano en el bolso y sacarlas.

–Ya hemos llegado. Este es mi coche.

Lena miró el negro y elegante vehículo. No era un deportivo como el que tenían todos los jugadores del equipo de rugby, sino un sedán de aspecto cómodo y agradable.

–¿Nos vamos? –continuó él.

–No, yo…

–¿No?

Ella carraspeó, nerviosa.

–Todo esto ha sido un error. No es necesario que cenemos. Ni siquiera sé por qué dije eso, supongo que solo intentaba ser…

–¿Provocativa?

Lena sacudió la cabeza.

–Más bien, estúpida –contestó–. Mira, será mejor que me vaya. Siento haberte molestado.

Él volvió a sonreír, pero de forma cálida.

–No voy a permitir que te marches –declaró–. Al menos, deja que te lleve a tu casa…

Lena se sintió muy decepcionada. Por lo visto, Seth no se rendía con facilidad.

–Te lo agradezco, pero no hace falta.

–Sería una tontería que rechazaras mi ofrecimiento. A fin de cuentas, ya estamos aquí. Y yo también voy a la ciudad –dijo él.

Lena dudó y volvió a mirar el coche. Ya había sido bastante grosera al suspender de repente la cita, y no quiso serlo otra vez.

–Está bien…

Subió al coche y se sentó. Él arrancó de inmediato y se pusieron en marcha.

–Te confieso que me he llevado una decepción. Ardía en deseos de cocinar para ti, de ofrecerte algo fresco.

A pesar del aire acondicionado, Lena sintió una oleada de calor.

–Lo siento, Seth. No sé por qué te pedí que me invitaras a cenar. Supongo que no estaba pensando con claridad.

Seth sonrió de nuevo.

–Vaya, ahora me siento aún más decepcionado. Pensé que por fin había encontrado a una mujer capaz de seguir mi ritmo. Y me hacía mucha ilusión.

Ella lo miró, nerviosa.

–Creo que deberíamos olvidar lo que pasó esta tarde –susurró.

–No es verdad. No lo crees en absoluto, y yo tampoco lo creo –dijo con humor–. Además, te debo una disculpa por haber pensado que eras una admiradora, y tú me debes otra por haberme destrozado la chaqueta con el aceite.

–Sobre la chaqueta, me puedes enviar la factura; y, en cuanto a tu disculpa, olvídalo. Llegaste a la conclusión más lógica en semejantes circunstancias.

–De todas formas, te pido perdón por haberme equivocado contigo. Pero, sinceramente, prefiero tu tiempo a tu dinero.

Lena pensó que la frase de Seth era verdaderamente buena. Prefería su tiempo a su dinero. Una fórmula caballerosa de apelar a la atracción que sentían, y una fórmula que tuvo éxito, porque las hormonas se le rebelaron otra vez y tuvo que respirar hondo para tranquilizarse.

–¿Desde cuándo trabajas en el estadio? –preguntó él.

Ella se sintió aliviada. Seth había tenido el detalle de proponerle un tema de conversación mucho menos problemático.

–Desde hace dieciocho meses.

–¿Y no te incomoda lo de ser la única mujer entre tantos hombres?

–No soy la única. También hay mujeres en el departamento de administración y el servicio de cocinas –contestó.

–Pero ninguna trabaja contigo.

–No.

A decir verdad, Lena se alegraba de estar en esa situación. Había descubierto que, siendo mujer, los hombres la trataban mejor que sus compañeras de sexo, y que ganarse su aprobación era más fácil. Pero, por si acaso, se mantenía alejada del club de novias y esposas de los jugadores y, sobre todo, del grupo de sus amantes.

–Entonces, ¿los jugadores no te molestan? Supongo que, a veces, serán bastante pesados contigo...

–¿Como con el asunto del aceite? –Lena rio–. Eso no me importa. No son más que juegos inocentes. Además, mi hermano juega en la liga de baloncesto y mi padre fue ayudante de entrenador, así que estoy acostumbrada a trabajar con hombres competitivos. Sé cómo manejarlos.

Él también rio.

–Sí, creo que hoy lo has demostrado –dijo–. ¿Has dicho que tu hermano juega al baloncesto?

–En efecto. Ahora está en los Estados Unidos. Consiguió una beca de deportes.

–Impresionante.

Lena asintió. Su hermano era un gran atleta y un estudiante magnífico, aunque no tan bueno como su hermana, una verdadera superdotada. Sin embargo, Lena estaba muy orgullosa de ellos.

–Sí, es un jugador excelente –comentó–. Pero ya estamos llegando a mi casa. Es la siguiente a la izquierda.

Seth detuvo el vehículo frente a su domicilio.

–Gracias por traerme –dijo ella.

Él se quitó las gafas de sol y la miró a los ojos.

–Sinceramente, esperaba que cambiaras de opinión.

Lena guardó silencio. Cada vez que miraba aquellos ojos azules, se quedaba hechizada.

–Invítame a entrar –continuó él–. Yo me encargaré de cocinar. Tardaré menos de una hora, y tu deuda estará pagada.

Lena no contestó. No podía hablar.

–Además, hace una noche demasiado bonita para cenar solo.

Seth le dedicó una sonrisa apabullante, de hombre absolutamente seguro de sí mismo. Era un ganador y lo sabía. Sin embargo, ella sabía otra cosa: que si lo dejaba entrar en su casa, había grandes posibilidades de que se quedara allí hasta la mañana siguiente.

Por supuesto, Seth también era consciente de eso; lo cual hacía más difícil la decisión. Invitarlo a entrar equivalía a admitir que se quería acostar con él.

Lena lo miró de nuevo. La expresión de sus ojos ya no estaba oculta tras las gafas de sol, y había tanto deseo en ellos que las hormonas se le volvieron a alterar y se llevaron por delante toda cautela.

Se quería acostar con él. Y quería ser una libertina, aunque solo fuera por una noche.

Se quitó el cinturón de seguridad y dijo:

–Estoy hambrienta.

Seth sonrió.

–Me alegra que lo estés. El hambre es buena. Y tengo mucho que ofrecerte.

Ella se estremeció, encantada.

–Por desgracia, no he tenido ocasión de ir al mercado –continuó él–. No he comprado nada fresco, como te prometí.

–¿Has estado en el estadio toda la tarde?

Él asintió.

–Sí. No me quería arriesgar a que cambiaras de opinión y desaparecieras.

–Pues me temo que no tengo gran cosa en la cocina…

–Bueno, ¿por qué no me llevas a ella y permites que sea yo quien lo juzgue?

Lena lo acompañó a la cocina y se sentó en uno de los taburetes, a sabiendas de que no encontraría nada. Seth abrió el frigorífico y, al cabo de unos segundos, frunció el ceño. Estaba prácticamente vacío.

–¿Te gusta la pizza? –preguntó él–. Conozco un lugar donde las preparan maravillosamente bien. Podemos llamar para que nos envíen una.

–¿Te refieres a tu famosa cadena de pizzerías?

Él sonrió. La cadena había sido uno de sus primeros negocios, y había tenido tanto éxito que le había hecho ganar su primer millón de dólares antes de cumplir los veinte.

–No me digas que has probado nuestras pizzas…

Ella sacudió la cabeza.

–A decir verdad, no. No suelo pedir comida.

–Pues esta noche haremos una excepción. Pero tardará media hora en llegar.

Lena pensó que la conversación les iba a dar para poco. Se gustaban tanto que, si no se andaban con cuidado, terminarían en la cama antes de que pasaran quince minutos. Pero decidió intentarlo de todas formas.

–¿Cómo es posible que tuvieras tanto éxito con las pizzas? Ni siquiera eres italiano.

–¿Y qué? La pizza se ha convertido en una comida universal –observó él, mientras sacaba una botella de vino de uno de los armarios–. Además, quería saber si podía entrar en un mercado asentado y tener éxito a pesar de la competencia.

–Pues lo hiciste muy bien.

Lena sacó dos copas y se las acercó.

–Sí, reconozco que sí –dijo mientras abría la botella–. Pero después perdí todo interés para mí, de modo que vendí la cadena para afrontar nuevos desafíos.

–Oh, vamos… Vendiste la cadena cuando sus acciones estaban en su precio más alto. Sacaste todo lo que pudiste y te marchaste porque sabes que su fama pasará y dejará de ser un establecimiento tan beneficioso.

Él la miró con intensidad y sirvió el vino.

–Si deja de dar beneficios será porque sus directivos son unos incompetentes –puntualizó.

Lena sonrió con malicia.

–¿Insinúas que tu negocio no consiste en vender ilusiones vacías? Haces que algo parezca maravilloso y, a continuación, lo vendes. Pero está vacío. No es nada duradero.

–No estoy de acuerdo con eso. La cadena de pizzerías todavía funciona bien; y los edificios que compro y reformo valen mucho más dinero que antes –afirmó–. ¿Por qué dudas de mi trabajo?

–No se trata de que dude de él. Solo se trata de que, al cabo de un tiempo, abandonas tus negocios y te dedicas a otra cosa. No sé… da la impresión de que no crees en tus propios productos.

–Pues te equivocas. No es que no crea en mis propios productos; es que, cuando ya he conseguido mis objetivos, me aburro y necesito hacer algo diferente. Supongo que lo que me gusta de los negocios es el desafío.

Ella probó el vino y preguntó:

–Entonces, ¿no te interesa profundizar en ninguno de tus proyectos?

–No. La profundización no es lo mío.

Lena pensó que seguramente aplicaba la misma norma a sus relaciones amorosas. Le gustaba lo nuevo, pero no buscaba nada a largo plazo. Y a ella le pareció bien, porque tampoco tenía intención de sentar cabeza.

–¿Y tú? –preguntó él con una sonrisa–. ¿Qué te parece si nos sentamos en ese sofá y me hablas del trabajo con los jugadores del equipo?

–Está bien, si te empeñas…

–No hay mucho que decir, la verdad. Solo soy la relaciones públicas.

–La relaciones públicas, la chica que pone aceite a los jugadores y la que les lleva las camisetas cuando están posando –dijo con humor.

Ella se encogió de hombros.

–Normalmente no hago tantas cosas. En general, me dedico a hablar con la gente y a solventar el papeleo.

Lena se detuvo delante de la mesita para dejar su copa de vino. Seth hizo lo mismo y, a continuación, se acercó a ella con intenciones claramente románticas.

–No creo que sea una buena idea –dijo Lena.

–Pues yo creo que es una idea fantástica.

Lena se humedeció los labios, estaba tan excitada que pensó que, si no si le daba un orgasmo pronto, se volvería loca.

Era absolutamente increíble. En el espacio de unas pocas horas, aquel hombre había conseguido que se convirtiera en una especie de ninfómana. Solo podía pensar en el sexo. En caricias, abrazos, besos y orgasmos.

–Está bien. Pero será una relación de una sola noche –sentenció.

La sonrisa de Seth fue tan irresistible y Lena se quedó tan embriagada con ella que ni siquiera se movió cuando él alzó una mano y le pasó un dedo por la mejilla y, a continuación, por los labios.

–Como tú quieras.

Seth lo dijo de un modo tan encantador que Lena se convenció a sí misma de que aquella iba a ser una experiencia ligera y sencilla, sin complicaciones de ninguna clase. Una fantasía de una sola noche. Un sueño que no les podía hacer ningún mal.

Capítulo Cuatro

Lena jamás habría creído que la sangre pudiera hervir en las venas, pero tenía la sensación de que su sangre estaba haciendo exactamente eso.

–La atracción sexual es algo increíble, ¿no crees? –dijo en voz baja.

Seth le volvió a pasar un dedo por los labios.

–Eres preciosa.

Ella sacudió la cabeza, pensando que lo decía sin sentirlo.

–No quiero frases hechas, Seth. Solo la verdad.

Él entrecerró los ojos, pero sonrió.

–Es la verdad. Eres preciosa –insistió–. Te he deseado desde que te vi en ese pasillo.

Lena se sintió halagada. Y cuando Seth se acercó un poco más, se puso nerviosa. Esta vez no se iban a dar un beso impulsivo e inesperado, sino absolutamente premeditado.

De repente, no se creyó capaz de seguir adelante. Tragó saliva e intentó sobreponerse a la confusión y las dudas que la embargaban. ¿No estaría cometiendo una locura? Con Seth, todo parecía muy fácil. Pero quizá no lo fuera.

Él notó su tensión y se empezó a preocupar.

–¿Estás bien, Lena?

Ella guardó silencio, así que él añadió:

–No es la primera vez que haces esto, ¿verdad?

Lena pensó que, desde luego, no era la primera vez que se iba a acostar con un hombre. Pero era la primera vez que se iba acostar con uno tan deprisa.

–Claro que no –respondió–. Será que he perdido la práctica...

–Bueno, no hace falta que hagamos el amor de inmediato. Podemos jugar un poco... y, por supuesto, si quieres que me detenga, me detendré.

Lena no quería que se detuviera, pero agradeció su actitud caballerosa.

–No, no... Quiero pasármelo bien –acertó a decir–. He estado muy alterada desde que nos besamos. Esto de estar tan cerca y tan lejos del placer al mismo tiempo es desesperante. Pero deseo que lo hagamos. Lo deseo de verdad.

Seth rio con dulzura.

–¿Y qué quieres que haga yo, concretamente?

–Todo –respondió ella, cansada de disimular su excitación.

Él la miró de nuevo. El humor de sus ojos se había transformado en el hambre de un depredador. Justo lo que Lena necesitaba, porque había despertado su parte animal y quería la parte animal de Seth.

La respiración se le aceleró, y el pulso también.

Entonces, él bajó la cabeza con una sonrisa cálida y le dio un beso en los labios. Durante un par de segundos, dio la impresión de que solo buscaba un contacto leve y sutil; pero, de repente, perdió el control y asaltó su boca sin contemplaciones.

Lena respondió del mismo modo, ofreciéndole la misma pasión que le había dado en el pasillo del vestuario. Estaba demasiado excitada para contenerse. Y habría seguido así si no se hubiera quedado sin aliento.

–¿Ya te has cansado? –preguntó él con ironía.

–Oh, no… Me he apartado un momento porque necesito respirar –respondió–. Además, me besas de tal forma que tengo miedo de alcanzar el orgasmo…

Seth soltó una carcajada.

–¿No era lo que querías?

–Sí, pero no tan deprisa…

Sin dejar de reír, Seth cerró los brazos alrededor de su cuerpo y se apretó contra ella.

–Está bien, te haré una promesa –dijo–. No te tocaré por debajo de la cintura hasta dentro de media hora.

Ella le puso las manos en el pecho y lo miró con horror.

–¿Por qué me miras así? –preguntó Seth.

–¿Qué quieres decir con eso de que no me tocarás hasta dentro de media hora? ¿Qué vas a hacer? ¿Poner una alarma o algo así? ¿Crees que esto se puede planificar?

Seth se inclinó y ella sintió su aliento en la cara.

–No, en modo alguno. Solo quería decir que me tomaré las cosas con calma, para volverte loca de deseo.

–Pero ya estoy loca de deseo…

Ella ladeó la cabeza y él la miró con picardía.

–¿No decías que querías pasártelo bien? Entonces, relájate y déjate llevar. Lo pasarás mejor si dejas el asunto en mis manos.

Seth le acarició la espalda y le arrancó un escalofrío de placer, que creció en intensidad cuando le llevó las manos a los senos y le acarició los pezones. Lena gimió, encantada. Ya no le preocupaba quién tenía el control de la situación.

–¿Sabes una cosa? Olvida lo que he dicho sobre lo de no ir demasiado deprisa –declaró, casi sin aire–. No sé en qué estaba pensando… Haz lo que quieras.

Ella le puso las manos en la cara y se frotó contra él

–Media hora, Lena –dijo–. Veremos si lo puedes soportar.

Seth le dedicó una sonrisa tan masculina que Lena supo que se había metido en un buen lío, aunque también en un lío de lo más placentero. Treinta seguros después, ya no lo soportaba más. Cambiaba el ritmo y la intensidad de sus besos; la tocaba con suavidad. Quería que la tocara en todas partes; sobre todo, dentro.

Le desabrochó los botones superiores del vestido y le apartó la prenda. Luego, la besó en el cuello y descendió lentamente hasta los pechos, que mordió con suavidad por encima del sostén. Lena cerró los ojos. De repente, sus pezones estaban tan sensibles que, cada vez que Seth los succionaba o acariciaba con la lengua, sentía una descarga eléctrica en las entrañas.

Había dicho que no la tocaría por debajo de la cintura hasta media hora después y, aunque solo habían pasado diez minutos, ya la tenía al borde del orgasmo.

–Oh, no... –dijo ella al sentir la primera oleada.

–Déjate llevar –susurró él.

Lena llegó al clímax. Era la primera vez que llegaba de ese modo. Pero aún no había recuperado el aliento cuando se dio cuenta de que su cuerpo quería más, de que necesitaba estar desnuda, de que necesitaba que la tomara.

Frotó la pelvis contra él y abrió los ojos. Ya no se contentaba con sus caricias. Quería llenar el vacío de su interior y disfrutar del cuerpo de Seth. Además, no había nada que se lo impidiera. Nada salvo su propia timidez. Así que le llevó las manos a la cintura, le sacó la camisa de los pantalones y le tocó los músculos del estómago.

–¿Qué estás haciendo? –preguntó él.

Lena sonrió con sensualidad. Ella también tenía poder sobre él; también lo podía volver loco de deseo.

–Te has comprometido a no tocarme abajo durante media hora, pero yo no me he comprometido a nada. Te puedo tocar donde quiera y cuando quiera.

Tras acariciarlo entre las piernas, sonrió y le empezó a desabrochar los pantalones. Seth no la detuvo, pero la miró con asombro. Lena se vio reflejada en sus pupilas, que se habían dilatado, y se sintió inmensamente satisfecha.

–¿Qué ocurre, Seth? ¿Te estoy asustando?

Lena le desabrochó la camisa y se la quitó. Después, admiró su pecho y le acarició los hombros con suavidad.

–¿Te gusta lo que ves? –preguntó él con voz ronca.

–Sí. Tienes un cuerpo precioso.

Era verdad. Obviamente, Seth pasaba mucho tiempo en el gimnasio. Sus músculos estaban mejor definidos que los de algunos jugadores del equipo.

–Tienes todo lo que quiero... –Lena siguió hablando y le llevó una mano a la entrepierna –. Incluso más aún.

Él se puso tenso.

–Ten cuidado con lo que haces –susurró–. Me estás excitando.

Lena le frotó suavemente el sexo.

–Lo siento, pero has dicho que no irás más lejos durante media hora.

Él sonrió.

–Sí, eso he dicho. Y te estás buscando un buen lío.

–Lo sé.

Lena le dio un beso en el cuello, asaltó su boca durante unos segundos y, a continuación, le bajó las manos por los costados y le quitó los pantalones y los calzoncillos. Se sentía completamente liberada. Toda su atención estaba concentrada en el maravilloso cuerpo de Seth y en el placer que sentía al tocarlo.

–¿Lena?

–¿Sí?

–Ya ha pasado la media hora.

Seth no perdió el tiempo. La tumbó en el suelo, se puso sobre ella y la miró a los ojos, apoyado en los brazos.

Lena separó las piernas, encantada.

–¿Quieres que me lo tome con calma? –preguntó él.

–No –contestó.

–¿Estás segura? Porque te voy a hacer mía, y te voy a hacer lo que quiera.

–Pero tú también serás mío –replicó–. Para darme placer.

–Como quieras…

Seth se apartó lo justo para desabrocharle el resto de los botones del vestido y quitárselo. Después, le desabrochó el sostén, lo dejó a un lado y le bajó poco a poco las braguitas, mientras admiraba su cuerpo desnudo. Era verdaderamente preciosa. Sus ojos verdes se habían clavado en él con tanta energía que la erección se le volvió casi dolorosa. Nunca había estado con una mujer tan hambrienta de sexo. Tan necesitada de placer.

Lena le acarició entonces el pecho y le lamió un pezón. Seth se quedó sorprendido por la descarga eléctrica que sintió, mucho más fuerte de lo esperado. Luego, la apartó de él, cerró la boca sobre uno de sus senos y se lo empezó a succionar.

Ahora era su turno. El turno de probarla, de devorarla, de tomarla.

—Oh, Lena… —dijo contra sus pechos.

Ella soltó un gemido y arqueó la cadera en un gesto que ya no era de invitación, sino de exigencia. Le estaba pidiendo que la penetrara. Y ni Seth tenía fuerzas para negárselo ni, por otra parte, quería negárselo.

Tras prestar unos segundos más de atención a sus senos, le separó las piernas, inclinó la cabeza y empezó a lamer. Lena gritó. Él se aferró a sus caderas y siguió adelante, ayudándose con los dedos.

Seth no tuvo piedad con sus caricias. Ardía en deseos de conocer sus secretos, de descifrar el oscuro enigma de aquella mujer tan increíblemente apasionada que ocultaba su verdadero carácter a los demás y se lo ofrecía a él, por algún motivo.

Lena se retorcía entre gemidos, incapaz de hacer nada salvo dejarse llevar. Seth le regaló un orgasmo y, acto seguido, otro. Sin embargo, no era suficiente. Lena sentía un vacío que solo se podía llenar cuando él la penetrara, así que cerró las manos sobre su cintura y apretó el pubis contra él, para exigírselo.

—Será mejor que te pongas un preservativo —acertó a decir.

Seth se puso de rodillas, alcanzó la cartera que llevaba en el bolsillo de los pantalones y sacó lo que buscaba. Lena aguardó, impaciente, pero no tuvo que esperar demasiado. Un momento después, se puso sobre ella, la miró a los ojos y entró en su cuerpo con una acometida que le arrancó un suspiro de alivio y satisfacción.

Encantada, se mordió el labio y rio con suavidad.

–No te pares –dijo él–. Adoro el sonido de tu risa.

Seth se empezó a mover. Lena deseaba cerrar los ojos, pero los dejó abiertos porque no quería perderse nada y se sumó a su ritmo, sintiéndose más deseada, más querida y más libre que en toda su vida. Era una sensación maravillosa. Los movimientos de Seth eran enérgicos y apasionados, pero también tiernos. Se entregaba a ella por completo y lograba que ella se entregara del mismo modo.

Fue una experiencia tan larga como satisfactoria. De vez en cuando, él cambiaba de posición o variaba el ritmo para darle más placer. Lena se sumaba entonces a su juego, empujada por sus instintos femeninos, y le arrancaba otro beso, una caricia, ansiando que perdiera el control y se dejara llevar.

Y juntos, ardieron de placer.

La mente de Lena se quedó en blanco durante el clímax, cuando tuvo la impresión de que el tiempo se había detenido. Quizás gimió, quizás gritó; pero ni siquiera se dio cuenta. Lo único que le importaba era aquel momento increíble que, al final, le dejó una sensación de felicidad y satisfacción completas.

Capítulo Cinco

La luz del sol forzó a Lena a abrir los ojos. Pero no movió ni un músculo. Tenía agujetas en todo el cuerpo, aunque eso no impidió que se excitara al pensar en lo sucedido. Seth había estado maravilloso.

Sin embargo, frunció el ceño e intentó controlar sus impulsos. Se había prometido a sí misma que solo iba a ser una relación de una noche. Por muy satisfactoria que hubiera sido, no habría repetición. Seth Walker no estaba hecho para ella. Era un hombre rico y famoso; un hombre de los que no se quedaban con nadie demasiado tiempo. Una bomba que, como todas las bombas, estallaba y no dejaba nada después.

—Te estabas riendo en sueños, ¿sabes?

Ella se estremeció al oír su voz.

—¿En serio? Será que soñaba algo divertido.

—Supongo que sí.

Lena pensó que afrontaría el asunto del mismo modo, como si hubiera sido un sueño. De lo contrario, corría el riesgo de abrasarse con el deseo que sentía. Y no estaba dispuesta a cometer ese error.

Se giró hacia él, lo miró a los ojos y sintió una súbita tensión. Estaba muy guapo. Con el pelo revuelto y la cara sin afeitar, era la quintaesencia del amante perfecto.

–Será mejor que me vaya.

–¿Te vas a ir? Es muy temprano –dijo él.

Ella se levantó de la cama, alcanzó una bata y se la puso.

–Tengo cosas que hacer. Aún no ha empezado la temporada de rugby, pero esta es una época de mucho trabajo siempre.

Él sonrió, se puso de lado y se apoyó en un codo.

–Entonces, ¿no quieres desayunar conmigo?

–Es una idea tentadora, pero no puedo –contestó–. Lo siento.

–¿No puedes hoy? ¿O no vas a poder ningún día?

Lena respiró hondo y le devolvió la mirada.

–Ningún día.

Seth no cambió de posición. Siguió tumbado como una gloriosa escultura de bronce.

–Ah, así que te quieres librar de mí... Tirarme por la borda, sin más.

Ella arrugó la nariz.

–No es para tanto, Seth.

–No me digas que te arrepientes de lo que hemos hecho.

Lena parpadeó y sacó fuerzas de flaqueza para fingir algo parecido a una sonrisa.

–No, no me arrepiento de lo que ha pasado. No

me arrepiento en absoluto. Ha sido maravilloso, pero…

–Pero solo iba a ser una noche.

Ella asintió.

–Es lo que acordamos –dijo.

–Y te quieres atener al plan.

–Exacto.

–¿Por algún motivo en concreto?

A Lena le sorprendió su insistencia. ¿Sería posible que se sintiera decepcionado? Fuera como fuera, volvió a la cama y se sentó en el borde.

–Seth, lo de anoche fue como tomar un postre que está increíblemente bueno. Uno de esos postres tentadores y deliciosos que resultan pesados si comes más de la cuenta –respondió–. Es mejor que no nos pasemos.

Él se la quedó mirando en silencio y ella intentó no admirar su cuerpo desnudo, por miedo a lo que pudiera pasar.

Entonces, Seth le puso una mano en el cuello y la inclinó hacia él. Lena no se resistió. A fin de cuentas, iba a ser la última vez. Era lógico que le quisiera dar un beso de despedida. Pero, cuando sintió sus labios y su lengua, se sintió tan dominada por la pasión que la voluntad le flaqueó de repente y se dejó llevar.

Momentos después, él rompió el contacto y dijo con una sonrisa:

–¿Estás segura de que no quieres más postre?

Ella se obligó a recuperar el aplomo.

–A veces, hay que dejar las cosas como están.

Seth la observó y sacudió la cabeza.

–Tienes mucha fuerza de voluntad, ¿sabes? ¿Qué te ha hecho tan fuerte?

–Nada particularmente interesante –Lena se levantó de la cama y se alejó un poco–. Pero, cuando tomo una decisión, la mantengo.

–Sí, ya lo veo...

Lena salió del dormitorio a toda prisa, por temor a que Seth adivinara sus verdaderos sentimientos. Ardía en deseos de hacerle el amor otra vez, pero le aterraba la posibilidad de dedicar demasiado tiempo y esfuerzo a otro hombre que no le podría dar lo que necesitaba. Ya lo había hecho una vez y se había arrepentido. Era mejor que lo olvidara y siguiera adelante con su vida.

Ya había preparado café cuando Seth se presentó en la cocina. Se había vestido, pero seguía con el pelo revuelto. Lena alcanzó la cafetera y dijo:

–¿Quieres tomar algo antes de irte?

Él sonrió.

–No, gracias. No quiero que pierdas el tiempo por mi culpa. Has dicho que estabas muy ocupada.

Ella asintió, contenta de que le pusiera las cosas tan fáciles.

–En ese caso, gracias por la cena y por todo lo demás.

–De nada. Me lo he pasado muy bien.

Lena se ruborizó a su pesar.

–No se lo contarás a nadie, ¿verdad? –dijo con preocupación.

–Por supuesto que no. Lo que ha pasado se quedará entre nosotros.

–Excelente –dijo, nerviosa–. En fin, gracias de nuevo.

Seth la volvió a mirar con humor y salió de la cocina. Segundos después, Lena oyó el sonido de la puerta al cerrarse. Aún llevaba la cafetera en la mano. Y se sintió súbita y terriblemente vacía.

Seth subió al coche y arrancó con una sonrisa en los labios que enseguida se convirtió en carcajada. Llevaba diez minutos conteniendo la risa. Era obvio que Lena no estaba acostumbrada a las relaciones de una sola noche, porque había demostrado una timidez tan encantadora como divertida. Y, a pesar de que había manifestado su deseo de no volver a acostarse con él, también era evidente que lo deseaba con toda su alma.

Como él a ella.

En general, Seth nunca estaba más de uno o dos días con la misma mujer; pero Lena le gustaba de verdad, y no iba a permitir que diera por terminada su relación. Lo de aquella noche había sido un simple calentamiento antes del combate, que duraría bastante más de diez asaltos.

El teléfono móvil le empezó a sonar. Él miró el número de la pantalla y se sintió culpable. Era Andrew. Seth le había dicho que se verían por la tarde y que, para entonces, ya tendría una solución para su problema; pero Lena había trastocado sus planes y, sencillamente, se había olvidado de todo lo demás.

Al llegar al edificio donde vivía, aparcó, subió a su ático y se dirigió al cuarto de baño. Mientras se duchaba, empezó a trazar un plan para solucionar lo de Lena y el asunto de Andrew, el motivo por el que había ido originalmente al estadio de los Silver Knights. Estaba seguro de que su encantadora amante estaría de acuerdo en colaborar en un proyecto tan desinteresado. Y con un poco de suerte, él mataría dos pájaros de un tiro.

Por primera vez, Lena llegó tarde al trabajo. Solo fueron cinco minutos de retraso, pero teniendo en cuenta que siempre llegaba antes, fue todo un acontecimiento para ella.

Aquella mañana había estado más tiempo de la cuenta en la ducha. En parte, porque había dormido mal y, en parte, porque estaba muy enfadada. No se arrepentía de haberse acostado con Seth, pero se odiaba a sí misma por haber deseado después que se quedara a desayunar, que se duchara con ella y que volvieran a hacer el amor.

Cuando llegó al despacho, se puso a trabajar; pero estaba tan alterada que no podía, así que puso música para relajarse un poco y concentrarse mejor. Al cabo de unos minutos, apartó la mirada de la pantalla del ordenador y se pegó un susto de muerte al ver al hombre que estaba en la puerta.

–¿Qué estás haciendo aquí?

–Por lo visto, asustarte –contestó Seth con una sonrisa.

A Lena se le aceleró el pulso de inmediato.

–Si no recuerdo mal, habíamos acordado que…

–Sí, ya lo sé –la interrumpió, antes de cruzar el despacho y sentarse al otro lado de la mesa–. Pero tengo que hablar contigo.

–¿De qué?

–Ayer me malinterpretaste. A decir verdad, no vine al estadio para ver a Dion, sino para verte a ti –respondió.

–¿A mí? ¿Por qué? –preguntó con extrañeza.

–Bueno… supongo que debería habértelo dicho antes, pero las cosas se complicaron y no tuve la oportunidad.

Ella frunció el ceño, pero no dijo nada. Él se recostó en el sillón y lanzó una mirada a la ordenada mesa de Lena.

–Estoy trabajando con una organización que se dedica a ayudar a chicos conflictivos. Suelen ser adolescentes que han tenido algún problema con la ley, jóvenes que necesitan una guía e inspiración para volver al buen camino.

Lena lo dejó hablar. Era evidente que estaba allí para pedirle algo, y que no se trataba de un asunto de carácter personal.

–Cada pocos meses, organizamos un cursillo para los chicos –continuó Seth–. Una especie de programa de educación.

–¿Y eso qué tiene que ver conmigo?

–Nos gustaría que los chicos se entrenaran con el equipo durante una semana. Los ayudaría a comprender mejor los conceptos de disciplina, dedicación y trabajo. Pero, naturalmente, necesitamos que nos deis permiso –respondió–. Y también nos gustaría que pudieran hablar con los jugadores y hacerles preguntas. Para ellos, son una fuente de inspiración. Un ejemplo a seguir.

Lena pensó que era una buena idea. De hecho, el club ya había participado en programas como ese. Incluso animaban a los propios jugadores a continuar sus estudios mientras estaban jugando y, especialmente, si sufrían alguna lesión y se veían obligados a abandonar su carrera deportiva.

Pero, a pesar de estar de acuerdo con el proyecto, Lena se sintió decepcionada y enfadada a la vez. Seth se lo podría haber dicho el día anterior, en cualquier momento; pero se había callado y ahora tenía la impresión de que había estado jugando con ella.

–Tengo algo que te interesará –Seth se llevó una mano al bolsillo y sacó un lápiz de memoria–. Son diapositivas y un vídeo de los últimos programas que hemos llevado a cabo. Solo dura unos minutos, y será más explicativo que cualquier cosa que te pueda decir.

Ella hizo caso omiso.

–¿Cuándo lo quieres hacer?

–La semana que viene.

Lena se quedó boquiabierta. Le sorprendió que organizara tan mal las cosas.

–Veo que lo dejas todo para el último momento –comentó con recriminación.

Él la miró a los ojos.

–No es lo que parece. Lo íbamos a hacer en otro sitio, pero surgió un problema y no está disponible –explicó.

Ella guardó silencio durante unos segundos y, a continuación, dijo:

–Quiero dejar bien claro que no me voy a dejar influir por ninguna... relación personal que hayamos tenido.

–Por supuesto que no. Sin embargo, sé que tampoco les negarás a los chicos esa oportunidad por culpa de la relación personal que mantenemos –contraatacó él–. Además, entre tú y yo no hay ningún problema, ¿verdad?

Lena no respondió. Efectivamente, no había ningún problema entre ellos. Pero se sentía enormemente decepcionada.

–Por otra parte, sería bueno para las relaciones públicas del equipo –siguió Seth–. Una forma de afianzar sus lazos con la comunidad.

–El equipo ya tiene lazos bastante estrechos con la comunidad. Participamos en muchos programas educativos –replicó ella con firmeza–. ¿No serás tú el que necesita mejorar su imagen pública?

Seth sonrió.

–Te aseguro que en el programa no aparece el logotipo de mi empresa ni mi propia fotografía. De hecho, lo apoyo con la condición de que no se mencione que participo en él.

Lena tragó saliva. La había dejado completamente cortada.

–Obviamente, ya he hablado con Dion. A él le parece bien, pero me dijo que debía hablar contigo porque tú eres la persona que se encarga de las relaciones con los jugadores.

–Eso no es exactamente así. Yo me limitaré a informar de tu petición a la junta directiva, y será ella quien tome la decisión.

Él se echó hacia delante.

–Sin embargo, Dion afirma que tu opinión es clave en estos asuntos. Dice que, si estás de acuerdo, nos darán permiso.

Lena suspiró.

–Está bien, pero no te puedo garantizar nada. Tendrás que esperar a que revise tu propuesta y lo consulte con mis superiores.

–Lo comprendo perfectamente.

Ella se levantó de su asiento para dar a entender que la reunión había terminado. Él se dio por aludido y la siguió hasta la puerta.

–No hace falta que me acompañes al ascensor. Sé que estás muy ocupada –dijo él con ironía.

–No lo estoy tanto –replicó, desafiante.

Él volvió a sonreír.

–Lena, te aseguro que lo nuestro no ha tenido nada que ver con esos chicos. Yo no me prostituyo por nada. Ni siquiera por una buena causa –afirmó–. Lo que pasó anoche…

–Lo que pasó anoche ha terminado.

Seth arqueó una ceja.

–¿Ah, sí? –preguntó–. ¿A quién pretendes convencer con esas palabras, Lena? ¿A mí? ¿O a ti misma?

Lena pensó que era el hombre más arrogante del mundo.

–No es necesario que contestes –continuó él–. Pero añado que me puedes invitar a cenar otra vez cuando tú quieras.

Lena se ruborizó. En parte, por su atrevimiento y, en parte, porque acertaba al suponer que lo estaba deseando. No se trataba únicamente de que ansiara sus caricias y sus besos, sino también de que se divertía mucho con él. Le gustaba tanto que, cuando estaban juntos, ni siquiera podía pensar.

–Echaré un vistazo a ese vídeo y te daré una respuesta cuando sepa algo.

Seth sacó una tarjeta del bolsillo y se la ofreció.

–Aquí tienes mi dirección y mis números de teléfono –dijo–. Esta mañana nos despedimos tan deprisa que no tuve ocasión de dártelos.

Ella alcanzó la tarjeta y se apartó de él para evitar cualquier tipo de contacto físico. Su cercanía la estaba poniendo nerviosa.

–Muy bien. Estaremos en contacto.

Él asintió.

–Gracias por tu tiempo, Lena.

Lena le dio la espalda y apretó los dientes, frustrada. Era consciente de que no podía rechazar su petición, y él lo sabía de sobra. El club no se negaba nunca a ese tipo de peticiones; sobre todo, si estaban relacionadas con niños o jóvenes. Estaba obligada a tratar el asunto como lo habría tratado si no hubiera hecho el amor con Seth.

Él salió del despacho y ella lo maldijo para sus adentros. No había sido sincero con ella. Se había callado una información importante, y ahora tenía la impresión de que la había manipulado para conseguir lo que quería.

Dejó el lápiz de memoria en la mesa y se sentó para enviar los mensajes oportunos. Iba a recomendar la petición de Seth, pero solo porque no tenía motivo alguno para negarse y porque Dion ya le había dado el visto bueno. Además, el equipo de rugby no tenía más compromisos a corto plazo que un par de partidos amistosos.

Sin embargo, no tenía la menor intención de estar cerca de él durante la duración del cursillo. Se quedaría en el despacho y pondría en orden los archivos o se buscaría cualquier otra ocupación. Lo que fuera, con tal de no verlo.

Capítulo Seis

Lena ya lo había organizado todo a la mañana siguiente. Incluso había recibido un mensaje de confirmación de Andrew, el responsable de la organización que se encargaba del programa. Pero Seth seguía en paradero desconocido, y no le extrañó; al fin y al cabo, ya tenía lo que quería.

Frunció el ceño y alcanzó la bolsa con los regalos para los jugadores que habían enviado los patrocinadores del equipo. Bajaría al vestuario y los dejaría en sus casillas para que los encontraran allí cuando terminaran de entrenar.

—¡Voy! —gritó antes de entrar, por si acaso.

Tal como imaginaba, el vestuario estaba vacío; así que abrió la bolsa y se dispuso a guardar los regalos. Justo entonces, oyó pasos a su espalda y pensó que sería alguno de los jugadores, pero era Seth. Y estaba desnudo de cintura para arriba, como si hubiera estado haciendo ejercicio.

Al verle los músculos perfectamente definidos del pecho y el estómago tuvo que hacer un esfuerzo para no relamerse.

—¿Qué estás haciendo aquí?

Seth se puso lentamente una camiseta.

–Voy a entrenar un poco con el equipo.

–¿Entrenar? ¿Para qué?

–Para preparar a los chicos, por supuesto –contestó–. No haré un buen trabajo la semana que viene si no sé en qué consisten los entrenamientos.

Ella lo miró con horror.

–¿Es que lo vas a hacer tú? No me parece una buena idea.

–¿Por qué no?

–Porque…

Lena no terminó la frase.

–¿Sí?

–Porque es arriesgado –dijo a regañadientes–. Te podrías lesionar.

–No tienes mucha fe en mí –comentó con humor.

–No es cuestión de fe, sino de que no eres un jugador profesional –alegó–. Los jugadores son muy duros.

Seth sonrió.

–Oh, vaya. No me digas que te preocupa mi bienestar…

–Es que no me gustaría que alguien terminara paralítico –espetó.

–Bueno… Agradezco que te preocupes por mí, pero no tengo intención de terminar en una camilla.

Lena pensó que las intenciones de Seth carecían de importancia. Los Knights era el mejor equipo del país; verdaderas máquinas de luchar que no tenían piedad con nadie.

Sin darse cuenta de lo que hacía, lo siguió fuera del vestuario y continuó con él hasta el campo de juego.

–¿Por qué haces esto, Seth?

–Por dos motivos. El primero, que tengo que preparar a los chicos; el segundo, que me vendrá bien para quemar energías. Me siento un poco frustrado, y las duchas de agua fría no me sirven de nada.

Lena se ruborizó. Ella también había probado el truco de la ducha fría, pero tampoco le había sido de utilidad.

–Además, siempre he querido jugar en este estadio.

–¿Es alguna fantasía infantil?

–Más bien, juvenil. Cuando estaba en el instituto, trabajaba en mi tiempo libre y no podía jugar con el equipo de rugby.

–Claro. Estabas demasiado ocupado en ganar dinero.

El comentario de Lena le borró la sonrisa de los labios a Seth.

–Te equivocas por completo. Al igual que el resto de la gente, necesito comer. Y para poder comer, me veía obligado a trabajar.

Lena trago saliva. Se arrepentía de lo que había dicho.

–Me temo que mi juventud no fue precisamente la de un chico mimado –continuó él–. No todos hemos tenido la suerte de venir al mundo con un pan bajo el brazo.

–Seth, yo…

Seth la miró con rabia.

–No me conoces, Lena. Sabes muy poco de mí. Y, en consecuencia, tampoco sabes hasta dónde puede llegar mi fuerza de voluntad.

Él salió al campo y se puso a correr con los jugadores del equipo. Lena se quedó boquiabierta, preguntándose si su apelación a la fuerza de voluntad se refería a su determinación de volver a acostarse con ella.

En cualquier caso, se sentía tan atraída por él que, en lugar de volver al trabajo, se apoyó en la barandilla y se dedicó a mirarlo. Dion estaba a un par de metros, hablando por teléfono y, cuando terminó de hablar, le preguntó:

–¿A ti también te gustaría entrenar con los jugadores?

–Ni mucho menos. El rugby no es lo mío –contestó–. Seth y yo solo jugamos al ajedrez y las cartas… y, aun así, me gana casi siempre.

Lena volvió a mirar a hombre de sus sueños.

–¿Sabes si Gabe está por aquí? –preguntó, refiriéndose al médico del equipo.

Dion soltó una carcajada.

–Si tienes miedo de que a Seth le pase algo malo, olvídalo. Sabe cuidar de sí mismo. De hecho, creo que los jugadores están más preocupados por lo que él les pueda hacer que por lo que pueda sufrir.

Lena pensó que la afirmación de Dion era cierta. Los jugadores miraban a Seth con cautela, como si no las tuvieran todas consigo. Y entonces, se volvió a formular una pregunta que aún no había encontrado respuesta. ¿Cómo era posible que un hombre que se dedicaba a comprar y vender edificios tuviera un cuerpo tan perfecto, de músculos incluso más definidos que los de algunos jugadores?

Además, era obvio que estaba acostumbrado a hacer mucho ejercicio. No había dejado de correr en ningún momento, pero ni siquiera jadeaba.

–Pues no lo entiendo –dijo ella–. ¿Por qué les preocupa?

–Porque su gancho de izquierda es brutal –respondió Dion–. En sus buenos tiempos, dejó fuera de combate a más oponentes que nadie.

–¿Fuera de combate? ¿Es que era boxeador?

Dion asintió.

–Y de los buenos. Fue campeón nacional de aficionados.

Ella se quedó atónita. ¿Boxeador? No tenía ni una sola marca en todo el cuerpo. Ni siquiera tenía la típica nariz rota de muchos boxeadores.

Sin embargo, eso lo explicaba todo. Ahora entendía que fuera tan ambicioso, tan decidido, tan agresivo, tan masculinamente fuerte. En el fondo, Seth no era más que un luchador. Aunque un luchador que, lejos de tratarla con violencia, la había tratado con pasión y con una delicadeza casi infinita.

Por supuesto, las palabras de Dion despertaron su curiosidad. ¿Por qué se había dedicado al boxeo? ¿Y por qué trabajaba con chicos problemáticos? Al parecer, Seth Walker era un hombre más complejo de lo que había imaginado. Y también más sincero, porque el día anterior había comprobado su página web y había visto que, efectivamente, no se mencionaba nada de su trabajo a favor de esos chicos.

Fuera como fuera, prefirió no hacerse demasiadas preguntas. Tenía miedo de que la curiosidad la empujara a sus brazos y le complicara la vida.

Volvió al despacho y estuvo trabajando unos minutos. Pero no había terminado de guardar los regalos de los jugadores, así que, poco después, bajó al vestuario con intención de terminar.

Lamentablemente, descubrió que el lugar no estaba vacío.

–Ah, eres tú… Me estaba preguntando si nos volveríamos a ver.

Lena se estremeció al oír la voz de Seth. Tenía la camiseta tan empapada de sudor que la llevaba pegada al cuerpo, y el pecho le subía y bajaba con rapidez. En ese momento, le pareció el hombre más atractivo del mundo.

–He dado vueltas y más vueltas al campo, pero no me siento mucho mejor –comentó con una sonrisa–. Se ve que tengo demasiada energía sobrante.

–Y demasiado sudor. Será mejor que te duches.

Seth consideró la posibilidad de arrastrarla con él a la ducha. No había ido al estadio porque le apeteciera entrenar con los jugadores del equipo, sino para verla otra vez. En realidad, nunca había sido hombre de deportes colectivos; prefería los deportes más románticos, con solo dos personas. Y habría dado cualquier cosa por quitarle el vestido verde que se había puesto aquel día y hacerle el amor bajo el agua.

Dio un paso hacia ella y se alegró al ver que no retrocedía. Después, la miró con intensidad, como si así pudiera adivinar sus pensamientos. Pero la expresión de Lena era tan opaca como la de un buen jugador de póquer.

–¿Serás capaz de dar por terminada nuestra relación? –preguntó a bocajarro.

Ella arqueó las cejas.

–Solo necesitaba una noche. Y me la diste.

–¿Y no te importa lo que yo necesito?

Lena sacudió la cabeza.

–Vamos, Seth… Estoy segura de que, si necesitas estar con una mujer, tendrás un millón de opciones.

Seth pensó que era cierto, pero también pensó que esa no era la cuestión.

–Puede que no quiera otras opciones. Puede que solo te quiera a ti.

–No digas tonterías…

Él frunció el ceño.

–¿Y tú? ¿También tienes otras opciones?

–No –respondió con sinceridad–. Pero es posible que mis necesidades no sean tan perentorias como las tuyas.

Él soltó una carcajada.

–Los dos sabemos que tus necesidades son más grandes que las mías, Lena.

Ella alzó la barbilla, desafiante.

–Creo que te he dado la impresión equivocada.

–Yo no lo creo.

Lena apretó los dientes. Seth se acercó, la tomó de la mano y se la acarició.

–Relájate, Lena. Estás muy tensa.

–No es verdad.

Lena lo dijo por decir. Su tensión era más que evidente. El pulso se le había acelerado y no podía pensar en otra cosa que no fuera el cuerpo de Seth. Y como él se dio cuenta, se sintió inmensamente satisfecho.

–Se supone que eres un hombre inteligente, pero empiezo a pensar que el más tonto de los jugadores del equipo es más listo que tú. ¿Es que no eres capaz de reconocer una negativa? No quiero estar contigo, Seth.

–Soy muy inteligente. Tanto como para saber que estás mintiendo.

–¿Ah, sí? ¿Y por qué piensas eso?

–Estás jugando conmigo –afirmó–. Quieres que baile al son de tu música, nada más.

–¿Que bailes al son de mi música? –declaró ella, atónita–. ¿Crees que me interesas tanto? Pero mira que eres arrogante…

–Sí, soy arrogante, pero tengo razón. Eres una manipuladora, Lena. Eres de esa clase de mujeres que se ponen especialmente difíciles cuando alguien les gusta, como si pensaran que el deseo es malo y que, si se resisten un poco, será más aceptable… Pero sé que tienes la capacidad de ser sincera y de asumir lo que quieres. Lo sé porque me lo has demostrado –le recordó–. Y quiero que vuelvas a ser sincera conmigo.

–Te equivocas. Yo no juego con esas cosas. Cuando digo algo, lo digo en serio.

–Pero una parte de ti se opone a decirme nada.

–¿Tú crees? –preguntó con frialdad–. Pues yo tengo otra teoría. Creo que eres uno de esos brutos capaces de sobrepasarse con cualquiera porque están convencidos de que las mujeres dicen no cuando quieren decir sí.

–Insúltame si te apetece, pero no me vas a engañar –dijo con una sonrisa–. No vas a conseguir que me enfade y me marche.

Ella entrecerró los ojos.

–No intento engañarte. Te estoy diciendo la verdad.

–No estoy ciego, Lena. En cuanto me acerqué a ti, estallaste con una oleada de pasión que me dejó perplejo –Seth ladeó la cabeza y se acercó un poco más–. Empiezo a pensar que trabajar con hombres todo el día, entre tanta testosterona, pone a prueba tu fuerza de voluntad… Y supongo que acostarse conmigo es mejor que acostarse con uno de los jugadores. No quieres mezclar el trabajo y el placer.

Lena se quedó pálida. Y a Seth le pareció una reacción tan excesiva que sintió curiosidad. Por lo visto, había tocado un punto sensible. Seguramente, Lena se había acostado con un compañero de trabajo en otra época y las cosas habían terminado mal.

Fuera como fuera, su reacción solo sirvió para que deseara conocerla más a fondo. Y, sobre todo, para que deseara hacerle reír.

Lena respiró hondo. Seth se equivocaba al creer que el origen de su apasionamiento estaba en el roce diario con los jugadores de los Knights. Estaba en él, solo en él. Pero no se lo iba a confesar, de modo que se inclinó hacia delante y dijo, con expresión de desafío:

—Solo necesito hacerlo una vez al año. Seguro que tú no aguantas tanto.

Él volvió a reír.

—¿Una vez al año? Lo dudo mucho; pero, aunque fuera verdad, esta vez no durarás tanto tiempo. Eres una bomba ambulante.

—Y tú te engañas a ti mismo.

Él sacudió la cabeza.

—No, no me engaño. Pero me siento halagado por tu afirmación.

—¿Cómo?

—Si solo lo haces una vez al año, eso significa que soy muy importante para ti, porque lo has hecho conmigo —observó—. Es todo un privilegio.

Lena apretó los dientes.

—Es curioso que digas eso… El otro día te faltó poco para decir que me había acostado con todo el equipo.

Él asintió.

–Sí, está visto que las primeras impresiones pueden ser muy falsas. Pero dime, ¿qué impresión te llevaste de mí cuando me viste por primera vez?

–Que eres un estúpido arrogante.

–¿Lo ves? –dijo con una gran sonrisa–. Tú también te equivocabas.

Ella lo miró con intensidad y, sin poder evitarlo, rompió a reír.

–Eres un…

–¿Sí?

–Un hombre incorregible y completamente imposible.

–No lo voy a negar.

Lena sacudió la cabeza.

–Está bien, no niego que me siento atraída por ti. Pero, a pesar de ello, es mejor que actuemos con inteligencia y lo dejemos estar.

–¿Dejarlo estar? Eso no sería inteligente –alegó él–. Nos gustamos demasiado.

–Ya te dije lo que pensaba de los postres demasiado apetitosos. Si no tienes cuidado con ellos, empachan.

Él se encogió de hombros.

–Pues tendremos cuidado.

Ella rio de nuevo y bajó la cabeza.

–Mírame, Lena –ordenó con suavidad–. Solo un momento, por favor.

Lena obedeció, pero dijo:

–No quiero tener una aventura contigo.

Seth la miró a los ojos y se puso muy serio.

–Lena… yo no soy carne de matrimonio.

Ella reaccionó a la defensiva.

–¿Y crees que yo estoy loca por casarme?

–No, yo no he insinuado eso. Pero permíteme que te explique por qué.

–¿Qué vas a hacer? ¿Contarme una historia triste para que me apiade de ti? ¿Apelar a mi naturaleza sensible para que me acueste contigo?

La agresividad repentina de Lena lo dejó callado durante unos segundos, pero mantuvo la calma y contestó:

–No, solo quiero me que conozcas mejor, que sepas de dónde vengo.

Lena no dijo nada.

–Mis padres se divorciaron cuando yo era muy joven. Pero su divorcio no fue precisamente pacífico…

–Y seguro que el divorcio de tus padres te dejó marcado para siempre –ironizó ella.

–No sé si marcado para siempre, pero me dejó huella –replicó–. Aunque, al menos, tuvieron el buen juicio de no embarcarse en una pelea judicial por mi custodia.

–Pobrecito –se burló–. Solo te falta añadir que, para empeorar las cosas, te enamoraste de una mujer malvada.

–Pues sí, en el primer año de la universidad. Empecé a estudiar Medicina, pero lo dejé para empezar con el negocio de las pizzas. ¿Y sabes lo que hizo cuando lo supo? Me abandonó. Dijo que yo estaba condenado a ser un perdedor, como mi padre.

–Pero seguro que su actitud solo sirvió para motivarte más...

Seth sonrió.

–Exactamente.

–Y seguro que, más tarde, lamentó su decisión –comentó con más sarcasmo que nunca.

–Ya lo creo. Empezó a salir con mi archienemigo de la facultad de Medicina, un chico que competía conmigo en todo. Luego, se casó con él; pero su matrimonio fracasó y, naturalmente, quiso volver conmigo.

–¿Y volviste con ella?

Seth sacudió la cabeza.

–No, por supuesto que no. Procuro no repetir mis errores.

Lena respiró hondo.

–¿Por qué me cuentas todo eso? –preguntó con frialdad.

–Ya te lo he dicho antes. Porque quiero que me conozcas mejor –respondió–. Me gustas mucho, y quiero acostarme otra vez contigo.

–Solo es sexo, Seth...

–No, no es solo sexo. Es sexo fantástico –dijo con humor.

Lena sonrió a su pesar.

–¿Y bien? ¿He conseguido ganarme tu simpatía con mi triste historia?

–¿Tanto deseas mi simpatía?

–En este momento, aceptaría cualquier cosa que des –contestó–. No me digas que no vas a intentar salvar mi pobre corazón...

–Soy consciente de mis limitaciones, y sé que no podría salvar a nadie –replicó con toda franqueza–. Además, ni siquiera estoy segura de que tengas corazón. Creo que solo tienes una necesidad enfermiza de ganar. Te empeñas en acostarte conmigo porque no soportas una negativa.

Seth volvió a sonreír.

–Dime una cosa, Lena... ¿Qué te ha pasado para que desconfíes tanto de la gente? Te comportas como un gato asustado.

–Yo no estoy asustada. Lo mío no es miedo, sino prudencia.

–La prudencia no casa muy bien contigo –dijo en voz baja–. Tu piel brilla cuando ríes a carcajadas y te comportas de forma temeraria.

–Las frases bonitas no te servirán de nada, Seth.

En realidad, Seth ya había conseguido que le prestara atención. A pesar de su sarcasmo, sentía tanta curiosidad por él que se alegraba de que le hubiera contado tantas cosas. Ahora sabía que sus padres se habían divorciado, que había salido con una mujer que le había partido el corazón y que había dejado la facultad de Medicina para abrir su negocio de pizzas. Y cuanto más sabía de su vida, más quería saber.

–¿Insinúas que no quieres que te bese de nuevo?

Una vez más, Lena guardó silencio. Estaba tan cerca de ella que notaba su calor.

–¿Insinúas que no quieres que te toque? –continuó.

73

Seth le puso las manos en la cintura. Y Lena se habría dejado de llevar si no hubiera recordado algo.

–Será mejor que te apartes de mí –dijo–. Aquí hay una cámara.

Él la miró con asombro.

–¿Una cámara? ¿En el vestuario?

–Sí, la pusieron para grabar escenas supuestamente espontáneas. Ya sabes, para los medios de comunicación –explicó–. Los chicos saben dónde está y no se cambian de ropa delante de ella, pero tú y yo estamos justo delante.

Seth buscó la cámara con la mirada. Estaba en la pared, enfrente.

–¿Crees que estarán grabando ahora? –preguntó con horror.

–No lo sé, pero prefiero no arriesgarme.

–Nunca te arriesgas, ¿eh?

Ella se marchó y Seth se sintió terriblemente frustrado. Le había hablado de su vida con la esperanza de que se abriera a él. Pero no lo había conseguido.

Lena Kelly no se parecía a ninguna de las mujeres que conocía. Para empezar, era la primera vez que alguien le confesaba que lo deseaba y, al mismo tiempo, se negaba a estar con él. No necesitaba mucha imaginación para saber que había sufrido alguna experiencia negativa en materia de relaciones amorosas; una experiencia que le había dejado huella.

En general, Seth mantenía las distancias con las

mujeres heridas. Tenían necesidades emocionales excesivas, y una tendencia a la angustia y el drama que le disgustaba mucho. Pero deseaba a Lena. Quería devolver la risa a sus labios y el brillo a sus ojos. La quería otra vez entre sus brazos.

Durante unos segundos, consideró la posibilidad de olvidar el asunto y buscarse otra mujer. Sin embargo, tenía la sensación de que ninguna mujer le interesaría hasta que descifrara el enigma de Lena Kelly. Y, de momento, estaba lejos de salirse con la suya.

Entró en el cuarto de baño, se dio una ducha fría y, tras vestirse, subió al despacho de Dion. Su amigo, que estaba trabajando, le dedicó una mirada irónica.

—Te ha dado calabazas, ¿verdad?

Seth se encogió de hombros.

—Eso me temo.

—Bueno, no te lo tomes a la tremenda. Nos ha pasado a todos.

—¿Insinúas que le has pedido que salga contigo?

Dion no contestó. Se limitó a sonreír.

—Pero si eres su jefe… —continuó Seth, molesto.

—Técnicamente, no. Te recuerdo que mi cargo es simbólico. Estoy aquí por cortesía de la junta directiva —dijo.

—Pero sigues siendo su jefe.

Dion soltó una carcajada.

—No te enfades conmigo, Seth. Te aseguro que no he hecho nada malo. No soy de los que se dedican a acosar a las empleadas.

–No, claro, solo eres de los que imponen ropa muy sexy a las animadoras de un equipo –comentó con humor.

–Del mismo modo en que los jugadores se ven obligados a posar casi desnudos para un calendario –declaró en su defensa–. No te preocupes por mí, Seth. Lena es toda tuya. Pero si no te quiere, no te quiere… y, sinceramente, nunca la he visto cambiar de opinión. Quizás haya llegado el momento de que admitas tu derrota.

Seth sacudió la cabeza. No conocía el significado de la palabra derrota. Y, por supuesto, no tenía ninguna intención de descubrirlo ahora.

Capítulo Siete

Lena se las arregló para no coincidir con ellos durante la primera mitad de la mañana del lunes. Sabía que habían llegado porque oyó sus voces. Se podría haber acercado a la ventana del pasillo, desde la que se veía el campo de juego, pero prefirió no mirar y se quedó en el despacho.

Sin embargo, la curiosidad pudo más que la cautela.

Al cabo de un rato, salió y se dirigió al vestuario; pero, en lugar de entrar, tomó el túnel que llevaba al campo de juego. Los Knights estaban entrenando en una de las mitades de la cancha; en la otra había un grupo de jóvenes, un hombre alto y desgarbado y, por supuesto, Seth, tan atlético e impresionante como de costumbre.

Por lo que pudo ver, el hombre alto era el ayudante de Seth, y se encargaba de dirigir el entrenamiento de los adolescentes. Mientras uno organizaba los ejercicios, el otro daba las órdenes. Pero Lena había leído el programa del curso y sabía que iban a hacer algo más que correr y jugar al rugby; tenían talleres de todo tipo, desde redacción y lectura hasta técnicas de contención de la ira.

Se apoyó en la barandilla y se dedicó a observar al hombre de sus sueños. Como siempre, las hormonas se le revolucionaron y el pulso se le aceleró. Al cabo de un tiempo, los dos grupos se juntaron y se pusieron a jugar, pero Lena no apartó la vista de Seth. Le gustaba tanto que se habría quedado allí todo el día, sin hacer otra cosa que mirarlo, como si fuera la admiradora que no admitía ser.

Diez minutos después, se produjo un revuelo y los jugadores formaron en círculo alrededor de una persona que estaba tumbada en el césped. Gabe, el médico del equipo, apareció a toda prisa con un botiquín. Entonces, uno de los jugadores de los Knights se alejó del grupo y se dirigió al vestuario, apesadumbrado.

Lena lo reconoció al instante. Era un recién llegado al club, un novato que, en su equipo anterior, había tenido la mala fortuna de lesionar a un compañero, y la lesión había sido tan grave que se había visto obligado a abandonar el rugby. Lena supuso que el causante del problema había sido él y lo siguió hasta la entrada del túnel, para intentar animarlo.

El jugador se había apoyado en una pared y estaba sacudiendo la cabeza.

–No te preocupes. –Lena le puso una mano en el hombro–. No será nada. Gabe está con él.

–Yo no pretendía…

–Por supuesto que no –dijo ella con suavidad–. El vuestro es un deporte duro, de contacto físico. Tiene sus riesgos. Y se producen accidentes.

–Lo sé, pero no quiero acabar con la carrera de otro compañero.

–Seguro que no ha pasado nada –insistió–. No te preocupes tanto. Eres un gran jugador. Todos tus compañeros lo saben, y confían en ti.

En ese momento, se oyó la voz del segundo entrenador.

–Lena tiene razón –dijo–. No ha pasado nada. Se ha llevado un buen golpe, pero no tendrá consecuencias de ninguna clase. Además, ha sido un placaje legítimo.

Un segundo después, llegaron Ty y el entrenador. El capitán guiñó un ojo a Lena, que se sintió aliviada.

–¿Lo ves? Anda, habla con tu entrenador y vuelve al campo.

–Gracias, Lena –dijo el jugador–. Gracias por tu apoyo.

–De nada…

Lena volvió al campo de juego y se encontró con Seth, que se dirigía al túnel de vestuarios.

–Veo que conoces bien a los jugadores –dijo él.

–Qué remedio. Es necesario cuando llevas las relaciones públicas de un equipo. La gente los quiere conocer –explicó.

–¿Qué tal está? El otro tipo ya se ha recuperado.

–Creo que está bien. Es un hombre con una gran potencia física, pero estoy segura de que aprenderá a controlarla y se convertirá en un jugador maravilloso –contestó–. ¿Cómo están tus chicos?

–Algo asustados.

–Bueno, les habrá servido de lección. Así aprenderán que el rugby no está exento de riesgos –dijo.

–Sí, eso es verdad.

De repente, Lena se dio cuenta de que el hombre alto y desgarbado se había acercado a ellos. Estaba tan concentrada en Seth que no lo había visto.

–Lena, te presento a Andrew, el responsable de nuestra organización.

Ella le estrechó la mano.

–Encantado de conocerte.

–Lo mismo digo.

–¿Puedo pedirte un favor? Te he oído hablar con el jugador de los Knights. Has estado magnífica, y se me ha ocurrido que quizás podrías hablar con los chicos.

Seth rio.

–No te tomes a mal el atrevimiento de Andrew. Cuando quiere algo, siempre va directo al grano –explicó.

Andrew sonrió y dijo:

–Sería magnífico para ellos. Como responsable de las relaciones públicas del equipo, sabrás muchas cosas que les pueden interesar. Y supongo que estarás acostumbrada a hablar con los jugadores, para que cambien de actitud y mejoren su imagen pública en uno u otro sentido.

–La actitud de algunos jugadores es imposible de cambiar –declaró ella con una sonrisa–. Pero, si crees que puedo echar una mano, cuenta conmigo.

Lena volvió al despacho y se dedicó a trabajar durante las cuatro horas siguientes, resistiéndose al deseo de acercarse a la ventana y mirar. Pero, a primera hora de la tarde, oyó música en el exterior y se llevó las manos a la cabeza.

Lo había olvidado por completo.

El estadio Contez era la sede de los Silver Knights, pero también de las Silver Blades, las animadoras que se encargaban de entretener al público antes de los partidos y durante el descanso. Y Lena había olvidado que practicaban allí todos los lunes por la tarde.

Salió del despacho y se dirigió a la cancha a toda prisa. Cinco de las animadores se habían acercado a Seth y estaban charlando animadamente con él. Las cinco, con falditas cortísimas y cuerpos maravillosos. Eran unas chicas preciosas; tan guapas y sensuales que sintió un súbito acceso de celos.

–Maldita sea...

Justo entonces, él la vio y le dedicó un guiño y una sonrisa. Lena estuvo a punto de salir corriendo, pero se quedó allí porque habría sido demasiado obvio. Al cabo de unos segundos, Seth se despidió de las animadoras y se plantó junto a ella.

–Veo que ya has encontrado la forma de satisfacer tus necesidades –declaró Lena.

–Bueno, me gustan las mujeres que no esconden lo que quieren –replicó.

Ella se ruborizó, pero contraatacó de todas formas.

–Afortunadamente, no todas las mujeres necesitan un hombre.

–¿Ah, no? ¿Es que te has comprado un vibrador y tienes orgasmos cada cinco segundos? –dijo él con sorna–. Si es así, olvídalo. Yo soy mejor que ninguna máquina.

Lena se quedó boquiabierta.

–Eres un… eres un…

–¿A quién intentas engañar, Lena? Es obvio que me deseas. No has dejado de mirarme.

–Me extraña que lo hayas notado entre tantos escotes…

Él volvió a sonreír.

–Estás celosa. Y no lo sabes disimular.

–Por mí, te puedes acostar con quien quieras. No es asunto mío. Me da exactamente igual –afirmó.

Seth sacudió la cabeza.

–Qué cosas dices. Esas pobres animadoras no son de las que se van con un hombre a casa y se acuestan con él al cabo de unos minutos –ironizó.

–¿Me estás acusando de ser fácil?

Él soltó una carcajada.

–Tú eres cualquier cosa menos fácil, Lena.

–Eso es verdad. Y estoy muy lejos de tu alcance.

–De momento, sí –Seth se acercó a ella y se quedó a un par de centímetros de distancia–. Pero me encanta que seas tan orgullosa. No eres de las que retroceden.

A decir verdad, Lena no se había quedado plantada por orgullo, sino porque las piernas le temblaban tanto que no se atrevía a moverse.

–Eres un grosero. Estás invadiendo mi espacio.

–Si te molesta, solo te tienes que apartar.

–Estoy bien donde estoy –dijo en tono desafiante.

Él inclinó la cabeza y le susurró al oído:

–Estás bien porque te gusta tenerme cerca.

Lena pensó que era verdad. Y también era verdad que habría dado cualquier cosa por pasarle los brazos alrededor del cuello y apretarse contra su cuerpo. Cuando estaban juntos, no podía pensar en otra cosa. De hecho, se alegraba enormemente de que Seth no hubiera renunciado a seducirla.

Sin embargo, se apartó de él y se sentó en uno de los bancos. Aunque su paz no duró mucho, porque Seth se sentó a su lado, le pasó un brazo por encima de los hombros y le acarició una mano con la naturalidad de un amante habitual.

–No voy a cambiar de opinión, Seth.

Él se encogió de hombros.

–Si nos conociéramos un poco mejor, tal vez descubriríamos que no tenemos nada en común y nos dejaríamos de desear –observó.

–Dudo que funcionara. Me has hablado de ti y no parece que me desees menos.

Seth decidió cambiar de estrategia.

–No te gustan, ¿verdad?

–¿De quién estás hablando?

–De las animadoras –respondió–. ¿Por qué no

te gustan? ¿Es que te molesta que te quiten protagonismo? ¿Quieres ser la única chica sexy del barrio?

Ella no dijo nada.

–¿Por eso trabajas aquí, rodeada de hombres? –insistió él–. ¿Por eso vives sola? ¿Porque no quieres compartir piso con ninguna de tus amigas?

–Puede que sean ellas las que no quieren compartir piso conmigo. Puede que no les caiga lo suficientemente bien.

Seth rio.

–Seguro que les caes bien. Será que prefieres estar con hombres.

Lena sacudió la cabeza, aunque la conversación le hizo pensar en uno de sus mayores problemas. Desde que se había mudado a Christchurch, estaba tan concentrada en el trabajo que ya no salía con nadie. Había perdido a su círculo de amigas y, paradójicamente, las animadoras eran las únicas chicas con las que había considerado la posibilidad de salir.

–Admítelo. Te gusta estar con los jugadores. Te encanta estar con hombres de éxito. Adoras el éxito.

–¿Crees que busco un hombre rico para echarle el lazo? –declaró con amargura–. Te equivocas por completo.

–¿En serio?

–Sí –dijo–. Llevo toda la vida con personas que tienen éxito. Mucho más éxito que unos cuantos jugadores de un equipo de rugby. No tienes ni idea de lo que dices… Tengo una hermana superinteligente y un hermano superinteligente. Y yo, una persona completamente normal, estoy atrapada entre dos genios. Lo último que necesito es un hombre que me haga sentir aún más pequeña.

Seth la dejó hablar.

–Mis padres solo se han sentido orgullosos de mí en una ocasión, y fue porque había conocido a Cliff Richard. Yo no he conseguido nada. No he hecho nada que merezca la pena. Mis hermanos son asombrosos; tienen tanto talento que ganaban todos los premios cuando estaban estudiando… Pero yo no gané ni uno, ni siquiera por participar –dijo con tristeza–. Mis padres solo se fijan en mí por los famosos que conozco.

–Oh, vamos, estoy seguro de que se sienten orgullosos de ti –declaró, intentando animarla–. Estás haciendo un gran trabajo en el club.

A Lena le habría gustado creerlo, pero no lo creía. Y, por algún motivo, ardía en deseos de conseguir la aprobación de sus padres.

–Eso no es cierto. Yo me limito a apoyar el trabajo de otras personas, de gente con mucho más éxito que yo. Es la historia de mi vida. Llevo tanto tiempo de segundona que no hay nada que se me dé mejor.

–Pero te gusta.

Ella lo miró y asintió.

–Sí, me gusta. Es un trabajo fantástico, aunque mi familia no lo crea.

–Pues hacen mal, porque la mayoría de la gente no sería capaz de hacer lo que tú haces. No soportarían la idea de trabajar a la sombra de otros, ni sabrían afrontar la inseguridad y la egolatría de esos jugadores.

–Es posible, pero no se puede decir que el mío sea un talento muy llamativo.

–No lo subestimes. Estás sola, y trabajar sola es extremadamente difícil. La mayoría necesita gente que los apoye.

–¿Es que tú tienes gente que te apoya? Si no recuerdo mal, dijiste que tu chica te abandonó. Y en cuanto a tu familia…

–Ah, sí, mi familia –dijo con media sonrisa–. Mi madre nunca me perdonará por haber dejado la facultad de Medicina.

–¿Y tu padre?

–A mí padre no le importa nada –la sonrisa de Seth desapareció por completo–. No sabes cuánto envidio a los jugadores del club. Te tienen a ti. Tú los apoyas.

–No sé qué decir… Comprendo que te sientas solo, pero ¿no has pensado que tu soledad podría ser precisamente lo que te dio fuerzas para luchar, el origen de tu éxito en los negocios? –preguntó.

Él se encogió de hombros.

–Podría ser…

–¿Por eso ayudas a esos chicos? ¿Para que tengan el apoyo que tú no tuviste?

Seth lo pensó durante unos segundos.

–Apoyarlos no es tan importante como ofrecerles los conocimientos y las habilidades necesarias para que sean dueños de su propio destino. Para que sean capaces de pelear y salir adelante –respondió–. Algunos de esos chicos vienen de circunstancias mucho peores que las mías. Pero yo tuve la suerte de descubrir que el deporte me podía dar fuerza, confianza en mí mismo y disciplina.

–Lo comprendo, pero de ahí a elegir el boxeo...

Él rio.

–¿Es que no te gusta? No me digas que la relaciones públicas de un equipo de rugby piensa que el boxeo es un deporte demasiado violento –declaró con sarcasmo–. Ah, ya sabía yo que algunas cosas de mí te disgustarían.

–Seguro que hay más cosas de ti que me disgustan –replicó ella–. Pero, volviendo a lo que me estabas contando, ¿de dónde sacaste tiempo para dedicarte al boxeo? Pensaba que estabas muy ocupado.

–Y lo estaba. Pero cualquiera encuentra un rato para golpear un saco de boxeo... Además, tuve la suerte de conocer a un entrenador que se mostró dispuesto a enseñarme a horas intempestivas.

–¿Por qué?

–Porque yo era un jovencito lleno de rabia y pensó que el boxeo me podía ayudar –dijo–. Tenía razón.

–¿Por qué estabas lleno de rabia?

–Supongo que por las mismas cosas que todo el mundo –respondió–. Pero ya conoces varias cosas que no te gustan de mí, y yo no conozco ninguna de ti.

Ella suspiró.

—Está bien… Soy muy avariciosa.

—¿Avariciosa? —dijo él, arqueando una ceja—. No me lo creo.

—Pues lo soy.

—Si fueras avariciosa, estaríamos haciendo el amor ahora mismo —alegó—. Sé que lo deseas con toda su alma y, sin embargo, te mantienes tan lejos de mí como puedes. ¿Por qué, Lena? ¿Has tenido alguna experiencia romántica desagradable?

Lena parpadeó. Seth le acababa de ofrecer la ocasión perfecta de quitárselo de encima. A diferencia de él, no se había quedado marcada por un ex que la había tratado mal, sino por su propio comportamiento. Se sentía culpable porque había mantenido una aventura con un hombre casado, y le disgustaba la idea de haber contribuido a la ruptura de una pareja.

Como no decía nada, él preguntó:

—¿No me lo vas a contar?

—Digamos que entonces era joven e inocente. Dejémoslo así.

—Está bien, no insistiré. Pero me lo tendrás que contar en otro momento.

Él le acarició la mejilla y ella se estremeció. Lo deseaba tanto que respiró hondo en un intento por tranquilizarse, pero no sirvió de nada. Cuando Seth clavó la mirada en sus labios, se supo perdida. Le puso una mano en el pecho y se inclinó hacia él. El corazón le latía con fuerza, y su aroma era adictivo y embriagador a la vez.

Alzó la barbilla y, sin ser consciente de lo que hacía, le pasó la lengua por los labios. Hizo exactamente lo que deseaba.

La respuesta de Seth no se hizo esperar. Pero fue completamente desconcertante. En lugar de rendirse a sus caricias, se levantó del banco, caminó hasta la barandilla y se quedó allí, lejos de su alcance.

—¿Me estás castigando por haberte rechazado?

Él sacudió la cabeza.

—En absoluto.

—¿Entonces?

—Solo intento demostrarte que soy capaz de refrenar mi deseo.

Ella se levantó y se acercó a él.

—Yo te he pedido eso...

—No sé... Puede que no lo haga por ti, sino por mí. Puede que esté cansado de perder el control cuando estoy contigo.

Lena guardó silencio una vez más.

—Supongo que a ti también te incomoda, ¿no? —dijo él, mirándola—. Que esta sensación sea tan fuerte...

Ella bajó la cabeza.

—Te daré una oportunidad más, para que decidas si quieres seguir adelante —continuó Seth—. Porque, si volvemos a hacer el amor, no será solo una noche. Lo seguiremos haciendo durante una larga temporada. Será mejor que te prepares.

—No. No seré tu amante.

—Lo serás.

–Ya te he dicho que no quiero una aventura.

Lena alzó la barbilla, en gesto de desafío. Se sentía atrapada. Solo quería un hombre que cuidara de ella, un hombre que solo estuviera con ella. Pero se había encaprichado de uno que no buscaba una relación y que, además, se podía acostar con tantas mujeres como quisiera.

–Te puedo conceder una noche más, pero eso es todo –sentenció.

–No es suficiente –dijo él.

–Entonces, no hay nada que hablar. No voy a cambiar de opinión.

Él se alejó hacia la salida del estadio más cercana. Lena ni siquiera supo si le había oído hasta que dijo, sin darse la vuelta:

–Ya has cambiado de opinión.

Capítulo Ocho

Seth tenía razón.

Lena lo pensó mientras hablaba a los jóvenes que se habían reunido en la pequeña sala de conferencias. Estaba extrañamente nerviosa; en parte, porque la noche anterior había dormido mal y, en parte, por culpa del hombre que la miraba desde el fondo de la sala, apoyado en una pared.

En cuanto terminó el acto, subió al despacho, puso un poco de música y encendió el ordenador para trabajar un poco. Minutos más tarde, oyó gritos en la cancha y se acercó a la ventana del pasillo. Increíblemente, a pesar de que estaban en verano, había empezado a granizar. Pero Andrew y los chicos habían salido a correr de todas formas.

Buscó a Seth con la mirada y lo descubrió a poca distancia, caminando con tanta tranquilidad como si hiciera el más soleado de los días. Entonces, él alzó la cabeza y clavó la vista en la ventana. La distancia que los separaba era muy grande, pero Lena se sintió como si aquellos ojos intensos le atravesaran el alma y descubrieran todos sus secretos.

Seth salió del campo de juego con la intención

evidente de subir al despacho de Lena. Sabía que ya la había convencido de que se acostara con él, pero quería una rendición incondicional. Sin embargo, no sentía ninguna satisfacción ante la inminencia de su victoria. De hecho, estaba algo nervioso. Por fin había conseguido que Lena se abriera y le contara algunas cosas de su vida. Y ahora quería saber más. Lo quería saber todo.

La encontró pegada a la ventana, tal como la había visto desde abajo. Se acercó a ella y se detuvo a unos centímetros de distancia para no mojarle el vestido. Luego, la tomó de la mano y la miró a los ojos.

–¿Qué haces aquí? ¿No deberías estar con los chicos?

–Ahora no me necesitan. Cuando terminen, se irán con Andrew a ver un vídeo.

–¿Y no te echarán en falta?

–No. Volveré con ellos enseguida.

Lena volvió a mirar por la ventana.

–Menuda tormenta… –dijo.

–La de aquí es mayor.

Ella se estremeció de los pies a la cabeza, y él no lo pudo evitar. Se inclinó y le dio un beso en el cuello.

–No hagas eso… Nos podrían ver –susurró Lena.

Ella se estremeció de nuevo y Seth se dio cuenta de que no se estaba resistiendo a él, sino a sí misma. Hacía verdaderos esfuerzos por mantener el control.

De haber podido, le habría metido las manos

por debajo del vestido y se habría apretado contra ella para sentirla mejor, en todas partes. Pero, por mucho que la deseara, no la podía tomar en un pasillo del estadio. Además, los dos tenían cosas que hacer. Y había hablado en serio al decir que no se contentaría con una sola noche; que quería mucho más.

–Cena conmigo –le rogó.

–¿Cenar? ¿Así es como lo llaman ahora? –preguntó ella con humor.

Seth pensó que no podía estar más equivocada. No le pedía una cena para acostarse con ella otra vez, sino para conversar, para conocerse mejor.

–Te esperaré a la salida del trabajo.

Seth se alejó sin decir una palabra más. Ella apoyó la frente en el cristal de la ventana y, cuando lo volvió a mirar, vio que ya había llegado al final del corredor. Se había refrenado y le había ahorrado la embarazosa situación de hacer el amor allí mismo. Porque Lena sabía que, si no se hubiera ido, habrían hecho el amor. Deseaba a aquel hombre de tal forma que habría sido capaz de rogárselo.

Fiel a su palabra, Seth la estaba esperando en la salida cuando terminó de trabajar. La llevó a su coche y se pusieron en marcha. Pero, en lugar de llevarla a su casa, se dirigió a la ciudad y aparcó.

–Estoy hambriento…

Ella lo miró con sorpresa.

–¿Es que vamos a cenar?

Los ojos de Seth brillaron.

–Por supuesto. ¿A qué creías que me refería

cuando te pedí que cenaras conmigo? Yo diría que fui bastante claro.

–Si tú lo dices…

Él rio.

–¿Te gustan los japoneses?

–Sí, mucho.

Salieron del coche y entraron en un restaurante que tenía muy buena fama. Era evidente que Seth había llamado para reservar mesa, porque el camarero los llevó de inmediato a una esquina tranquila, con una ventana desde la que se veía la calle. Era un lugar verdaderamente bonito y, cuando Lena echó un vistazo a la carta, descubrió que también era un lugar extraordinariamente caro.

Pero, a pesar de los precios, Seth pidió un montón de platos distintos. Todo estaba exquisito.

–¿Te gusta? ¿El pescado está suficientemente fresco para ti? –preguntó él en tono de broma.

–Tan fresco que podría salir nadando –respondió ella entre risas–. Pero, ¿cómo os va con los chicos? ¿Crees que el curso está siendo de utilidad?

–Sí, por supuesto…

Seth le habló de lo sucedido a lo largo de la semana y contestó a sus preguntas sobre los programas anteriores de la organización. Le contó que mantenía el contacto con varios de los chicos que habían estado con ellos, que había dado trabajo a más de uno y que dos de sus antiguos beneficiarios estaban estudiando en la universidad. Lena sospechó que Seth los apoyaba económicamente, pero él no lo quiso admitir.

El tiempo pasó muy deprisa mientras hablaban. La conversación fluía con naturalidad y las risas eran frecuentes. Lena nunca había estado tan relajada con él; pero tampoco tan tensa, porque lo deseaba más que nunca. Y por la expresión de Seth, tuvo la seguridad de que le pasaba lo mismo.

Cuando terminaron de cenar, él preguntó:

–¿Nos vamos?

Lena supo lo que quería decir con esa pregunta. No se refería exclusivamente a salir del restaurante. Le estaba preguntando si quería irse a casa con él.

Y Lena dijo la verdad.

–Sí.

Ya se dirigían a la salida cuando oyeron la voz de una mujer.

–¡Seth!

–Hola, Rachel…

Seth saludó a la mujer con una sonrisa cálida y le dio un beso en la mejilla. Luego, tras las presentaciones de rigor, se puso a charlar con la recién llegada. Estuvo tan encantador como lo había estado con las animadoras del equipo de rugby, pero había una pequeña diferencia que a Lena no le pasó desapercibida: la elegante y rubia Rachel hablaba con él como si lo conociera a fondo y hubieran compartido confidencias.

Lena respiró hondo e intentó sobreponerse a su ataque de celos. Al fin y al cabo, Seth no la había engañado en ningún momento. Sabía que había estado con muchas mujeres y que, siendo un hombre de buen gusto, la mayoría de ellas serían como Rachel. Pero la experiencia sirvió para que tomara una decisión: si quería estar con un hombre refinado, sería mejor que fuera una mujer refinada.

Por fin, se despidieron. Rachel le pidió que la llamara por teléfono y Seth se limitó a sonreír. Después, tomó a Lena de la mano, salieron del restaurante y subieron al coche. Fue un trayecto de lo más silencioso. De hecho, no volvieron a hablar hasta que entraron en el piso de Lena y cerraron la puerta.

–Lena…

Seth le puso las manos en las mejillas, se inclinó y la besó. Lena se sintió la mujer más feliz del mundo y, antes de que se diera cuenta, ya estaban desnudos y en la cama. Pero se sentía vulnerable. Seth le gustaba demasiado. Así que intentó disimular sus sentimientos y comportarse como la mujer refinada que había decidido ser.

–Quiero que sepas que esto no es una relación amorosa, sino una simple relación sexual –dijo con firmeza–. Una forma de satisfacer nuestras necesidades.

Él sonrió.

–¿Por qué te empeñas en establecer límites?

–Vamos, Seth… Tú tampoco estás buscando una relación –alegó ella–. Además, no te prometo exclusividad.

Seth se quedó helado.

–¿Qué has dicho?

–Lo que has oído.

Él la miró fijamente. Sus ojos ya no tenían el menor brillo de humor. Aparentemente, estaba furioso.

–Seth, eres un hombre muy atractivo, y yo prefiero que no me mientan –explicó con rapidez–. No espero que estés solo conmigo.

–Escúchame con atención, Lena. A mí tampoco me gusta que me mientan, así que te seré completamente sincero. Puede que no te ofrezca una relación estable, pero mientras estemos juntos, solo me acostaré contigo. Y espero que tú tampoco te acuestes con nadie más –sentenció.

Lena tragó saliva, sin saber qué decir.

–¿Cómo es posible que tengas tan mala imagen de mí? –continuó él, enfadado–. ¿Me crees un donjuán?

–¿Qué otra cosa puedo creer? –se defendió–. Te recuerdo que me besaste cuando aún no conocías ni mi nombre, y que hicimos el amor cuando apenas habíamos hablado diez minutos en total.

–Admito que no soy precisamente célibe, pero te prometo que tú serás la única mujer de mi vida mientras estemos juntos. Seré sincero y leal contigo, y espero que tú seas tan sincera y leal como yo.

Ella asintió.

Seth la miró nuevamente a los ojos. Por algún motivo, no soportaba la idea de que Lena se acostara con otro hombre. La quería solo para él.

Sin decir nada, se puso sobre ella, la agarró por las muñecas y le estiró los brazos por encima de la cabeza, dejándola enteramente a su merced. Luego, admiró sus sensuales y apetecibles curvas y se preguntó de qué modo la iba a castigar por lo que había dicho sobre la exclusividad en su relación.

Lena se estremeció y cerró las piernas alrededor de su cintura, con fuerza. Él la había atrapado y ahora, ella lo había atrapado a él.

Sin timidez alguna, se arqueó y se apretó contra su sexo. En cuanto estuvo en su interior, se empezó a mover furiosamente, apasionadamente, con todo el hambre y la necesidad de la libertina que llevaba dentro.

Fue una experiencia desenfrenada y liberadora. Seth le dijo lo que quería de ella y Lena le dijo lo que quería, cómo lo quería y cuándo lo quería. Hasta que, al final, él la llevó al orgasmo y se deshizo en su interior; en el interior de una mujer que era tan salvaje, tan orgullosa y tan juguetona como él mismo.

Capítulo Nueve

Cuando Lena se despertó, no se atrevió a mirarlo. Recordaba todo lo que habían dicho y hecho durante la noche y le daba vergüenza. Le había confesado hasta la más tórrida de sus fantasías sexuales. Le había expresado deseos que no había expresado nunca en voz alta. Y él los había hecho realidad.

En ese sentido, no podía estar más satisfecha. Pero Lena ya no era la jovencita ingenua que había sido en otro tiempo. Ahora sabía que sexo y amor no eran sinónimos. Y también sabía que hacer el amor con alguien no implicaba que esa persona se hubiera enamorado.

Seth era un gran amante y un hombre muy generoso, pero el hecho de que estuviera encantado de satisfacer sus deseos no significaba nada más. Y por mucho que hubiera exigido exclusividad en su relación, seguía siendo un hombre refinado, de gustos refinados. No era de los que se casaban con nadie. Si quería estar con él, tendría que asumirlo y tener cuidado para no salir mal parada.

Conociéndose, sabía que estaba corriendo un riesgo muy alto. Pero no lo podía evitar.

***

Durante los días siguientes, Seth intentó mantener las distancias con Lena cuando estaban en el estadio. Pero todo cambió cuando Andrew se llevó a los chicos y dio por terminado el programa. Entonces, él la fue a buscar y la llevó a un restaurante, donde hablaron, rieron e intentaron romper las barreras que aún se alzaban entre los dos.

Seth no se contentaba con tenerla en la cama. El sexo no era suficiente; no lo satisfacía por completo. Hicieran lo que hicieran, siempre se quedaba con ganas de algo más, así que tomó la decisión de pasar con ella un fin de semana entero, con la esperanza de saciarse de una vez por todas.

Pero esta vez habría una diferencia. En lugar de hacer el amor en la casa de Lena, la llevaría a su ático, al santuario donde nunca había llevado a nadie.

El viernes por la noche la fue a recoger y la llevó al piso. Cuando entraron, Seth se inclinó a recoger la publicidad y los periódicos del suelo. Lena rio y preguntó:

–¿Eres de los que siguen comprando periódicos? Yo pensaba que los leías en Internet.

–No se puede hacer el crucigrama. Y no es lo mismo.

Ella soltó otra carcajada y él se sintió estúpidamente feliz. Luego, Seth se acercó a su mesa de trabajo y tiró la prensa al cubo, sin más. Al fin y al cabo, sabía que no iba a tener tiempo de leerlos.

–Espera… –dijo ella.

–¿Qué ocurre?

–Hay una carta entre los periódicos.

Seth frunció el ceño. Miró el nombre del remitente y se maldijo para sus adentros, aunque intentó actuar con naturalidad. Era de la misma mujer que le había estado enviando cartas. Seth no había contestado a ninguna, y esperaba que se cansara más tarde o más temprano.

Tras tirarla de nuevo, notó que Lena lo miraba con extrañeza y declaró:

–No es nada. Recibo muchas cartas de gente que me pide dinero.

Seth no mintió. Aquella mujer le escribía para pedirle dinero. Pero se calló que era la mujer de su padre.

–Bueno, ¿quieres ver mi dormitorio?

Ella sonrió.

–Oh, vaya, ¿tú tampoco tienes compañeros de piso?

–No, tampoco los tengo.

La tomó de la mano y la llevó al dormitorio. Tenía intención de hacer el amor con ella hasta aburrirse, porque estaba seguro de que al final se aburriría. Nunca había estado con ninguna mujer que no lo aburriera al cabo de un par de noches; pero ya llevaba casi una semana con Lena y cada vez se divertía más.

Entonces, ella se detuvo y ordenó:

–Túmbate en la cama.

Seth le lanzó una mirada cargada de escepticismo, como diciéndole que no estaba dispuesto a aceptar órdenes. Pero cayó en la cuenta que Lena necesitaba creer que tenía el control de la relación.

Lena ya había sacado un preservativo, así que optó por dejar la conversación para más adelante.

Cuando se desnudaron, dejó que se pusiera sobre él y que llevara el ritmo. Lena susurró su nombre mientras se movía sin vergüenza alguna. Seth le puso las manos en los senos, se los acarició y se arqueó hacia arriba con fuerza, para animarla a aumentar la intensidad y la velocidad de los movimientos.

Ella obedeció.

—Oh… Seth…

Él se incorporó lo justo para besarla en la boca. En parte, porque era la única forma de conseguir que no dijera nada. Su voz le resultaba tan sensual que, cada vez que decía algo, estaba a punto de perder el control.

Momentos más tarde, la tumbó en la cama e invirtieron la posición. Seth la penetró de inmediato y se inclinó para llegar nuevamente a sus senos, que lamió y succionó con ansiedad. Ella se retorció de placer y gritó su nombre al alcanzar el clímax, pero él no se detuvo. Adoraba su capacidad de saltar de orgasmo en orgasmo. Adoraba seguir adelante y descubrir hasta dónde podía llegar.

Pero nada era suficiente.

Por la mañana, Lena se levantó y fue a buscar algo de comer. Encontró pan y lo tostó. Mientras

Seth se comía una rebanada, ella echó un vistazo al ático. Estaba en el antiguo barrio industrial del centro de la ciudad, que ahora se había convertido en un barrio de bares, boutiques y salas de arte. La decoración del piso era moderna y funcional, pero bastante escasa. Solo tenía un sofá, una mesa grande, algunas sillas, un ordenador y una consola de videojuegos.

Lena se llevó una sorpresa. Faltaba un objeto que solía estar en todas las casas.

—¿No tienes televisión? —preguntó mientras él ponía la cafetera.

—No la necesito. No la veo nunca.

—¿Ni siquiera ves programas de deportes?

Él se encogió de hombros.

—No. En cuestión de deportes, prefiero practicarlos.

—Oh, vamos… No te creo. Seguro que de vez en cuando ves algún partido importante.

—Sí, es cierto, pero lo veo en algún bar o en la casa de algún amigo.

Lena pensó que no debía de salir muy a menudo. Por el estado del despacho, era obvio que trabajaba muchas horas al día. Pero el despacho no le interesó tanto como el saco de boxeo que colgaba del techo y los montones de libros que tenía en el suelo. En cuanto a las paredes, no tenían más decoración que algunos planos de edificios. No había ninguna fotografía, nada que hablara de su pasado.

—¿Dónde vive tu madre?

–En la soleada Nelson.

–¿Creciste allí?

–No. Se mudó hace unos años.

Seth le sirvió una taza de café, se sirvió otra y echó un trago.

–¿Trabaja?

–Sí. La he intentado convencer para que lo deje, pero no me hace caso.

–¿A qué se dedica?

–A limpiar casas.

Lena guardó silencio.

–Odio que limpie casas –continuó Seth–. Le pagué la hipoteca del piso, pero rechaza mi dinero e insiste en trabajar porque dice que es lo que ha hecho siempre. Cuando se divorció de mi padre, no tenía nada. Trabajaba día y noche, y yo me puse a trabajar también en cuanto tuve edad suficiente. Pero ahora no lo necesita. Lo hace porque quiere.

–Puede que le guste su independencia –observó Lena con admiración–. Hay gente que no soporta estar de brazos cruzados.

Él la miró con escepticismo.

–¿Lo dices en serio?

–Por supuesto que sí. El trabajo puede ser un objetivo vital, una forma de mantener la dignidad –respondió ella–. Aunque tú lo deberías entender mejor que nadie. ¿Podrías estar sin hacer nada?

–No.

–Entonces, ¿por qué esperas otra cosa de tu madre?

–Porque ya ha trabajado demasiado. Si quiere

mantenerse ocupada, podría colaborar con alguna organización no gubernamental, por ejemplo. No es necesario que se rompa la espalda fregando suelos.

Él sacudió la cabeza y añadió con frustración:

–Nunca he podido…

–¿Qué?

–Darle lo que necesita.

A Lena le emocionó su declaración. Era obvio que se sentía responsable de su madre y que no sabía qué hacer, así que se acercó por detrás y le pasó las manos alrededor de la cintura, para animarlo.

–Puede que no te quiera molestar. Me dijiste que su divorcio había sido bastante difícil. Puede que necesite sentirse independiente –insistió.

Él se giró y la abrazó.

–Yo solo quiero que sea feliz.

–¿Crees que no lo es? –preguntó con suavidad.

–Al contrario. Siempre dice que es la mujer más feliz del mundo.

–Entonces, despreocúpate y deja que haga lo que quiera. Por lo visto, es tan independiente como tú. Y, por otra parte, nadie puede responsabilizarse de la felicidad de otra persona.

Seth sonrió.

–No me extraña que los jugadores del equipo te quieran tanto –dijo–. Sabes cómo animar a un hombre.

Se dirigieron al sofá y se sentaron con el café, las tostadas y la tableta de Seth, donde vieron las noticias y se conectaron a un par de redes sociales. Luego, hablaron de todo de tipo de cosas, desde música hasta deportes, pasando por arquitectura, viajes y gastronomía. Lena se había puesto una de sus camisetas, y Seth se sintió culpable por no haberle dicho que pretendía estar con ella todo el fin de semana. Quizás necesitaba más ropa.

En determinado momento, él miró el saco que colgaba del techo y dijo:

—¿Tanto te disgusta el boxeo?

—Me gustan casi todos los deportes, pero el boxeo no es lo mío.

Él se levantó y alcanzó los guantes.

—¿Nunca te has enfadado tanto como para querer golpear algo?

Ella frunció el ceño.

—Sinceramente, no sé si el boxeo puede servir para controlar la ira. Yo pensaba que consistía en hacer daño a la gente.

—Ni mucho menos. El boxeo es un deporte de disciplina y control, que te ayuda a confiar más en ti mismo.

—Si te interesa eso, haz yoga.

Él suspiró.

—También es un ejercicio fantástico, mental y físicamente. Te obliga a enfrentarte al contrario y a ti mismo sin ayuda de nadie, sin más armas que tu voluntad —Seth le ofreció los guantes—. ¿Quieres probar? Puede que te guste.

—Lo dudo.

—Vamos… pega unos cuantos golpes al saco.

Ella arrugó la nariz, pero se puso los guantes, que le quedaban muy grandes, y lanzó un directo al saco. Fue tan patético que ni siquiera se movió.

–Esto no es para mí –dijo entre risas.

Seth se acercó y le enseñó la forma correcta de golpear.

–Concéntrate e inténtalo de nuevo.

Lena probó de nuevo, pero la segunda vez fue peor que la primera.

–Está bien… Date la vuelta e intenta golpearme.

Ella sacudió la cabeza.

–Ni en un millón de años.

–No te preocupes por mí. Te aseguro que he recibido golpes peores que el que tú me puedas dar.

–No quiero pegarte, Seth.

–Tranquila. No voy a permitir que me pegues.

–¿Ah, no?

Él sonrió.

–Claro que no. Vas a lanzar puñetazos a mis manos.

Seth puso las palmas hacia arriba.

–Vamos, inténtalo otra vez.

Lena golpeó, pero él se movió a propósito y no le pudo dar.

–¿Eso es lo mejor que sabes hacer? –la desafió.

–Oh, no empieces con esas. No vas a conseguir que pique el anzuelo.

–¿Por qué no? Generalmente, funciona.

Ella soltó una carcajada.

–Venga, golpea.

Esta vez, Lena le dio de lleno. Pero frunció el ceño y dijo:

–Te has dejado. Así no vale.

–Está bien…

Lena empezó a lanzar golpes que, poco a poco, alcanzaron su objetivo. A Seth no le hacía ningún daño; pero Lena se metió tanto en el papel que, al cabo de unos minutos, se olvidó de los puños y le pegó una patada.

–¡Ay! ¡Las patadas están prohibidas!

–¿Ah, sí? No sabía que hubiera normas en el boxeo –dijo ella entre risas–. Además, ha sido culpa tuya por bajar la guardia.

–El boxeo no es una pelea callejera. Y no consiste solo en ganar.

–Tonterías. Todo el mundo quiere ganar.

La tarde se les pasó volando. Comieron en un restaurante, pasearon un poco y volvieron al ático para echarse una siesta que, por supuesto, se convirtió en otra cosa.

A primera hora de la noche, fueron a la cocina a comer algo. Lena llevaba otra de sus camisetas, y consideró la posibilidad de marcharse a casa.

–Sé por qué estás mirando la hora todo el tiempo –dijo Seth–. Por el partido de esta noche… Los Knights juegan contra Wellington. ¿Quieres que lo veamos?

–No hace falta. Sé que ganarán.

–Oh, vamos, conozco un sitio donde lo podemos ver.

–No puedo salir a la calle con esta camiseta…

–protestó ella–. Tendré que ir a casa a buscar un vestido.

–La camiseta te queda perfecta. Te buscaré unos vaqueros.

–¿Unos vaqueros? Si son tuyos, me quedarán demasiado grandes…

–Espera un momento.

Lena lo miró con asombro cuando Seth apareció con unos pantalones y se tomó la molestia de alcanzar un cinturón y hacerle un par de agujeros más.

–No puedo salir así –insistió ella.

–Por supuesto que puedes. Estarás muy bien.

Ella frunció el ceño, pero se puso los pantalones con el cinturón. Luego, salieron del edificio y se dirigieron a una zona que no era precisamente la más elegante del barrio, sino un lugar lleno de callejones cubiertos de grafitis.

–¿Siempre traes a tus novias a este sitio? –preguntó con humor.

–Dentro de poco, será uno de los lugares más chic del barrio –contestó él–. Pero no te preocupes por nada. Conmigo estás a salvo.

Lena hizo un par de movimientos de boxeo.

–No necesito que me defiendas. Como ves, he aprendido bien.

Seth rompió a reír.

Segundos después, entraron en un local que era cualquier cosa menos elegante; pero, curiosamente, tenía dos de las pantallas de televisión más grandes que Lena había visto en toda su vida.

–Vaya, un tesoro escondido… –dijo con asombro.

–Sí, algo así. Pero no pidas champán, porque no tienen.

Ella rio.

–Bueno, me contentaré con un refresco.

–¿Un refresco? Vas a destrozar mi reputación…

Pidieron las bebidas en la barra y se sentaron junto a una mesa alta, en una de las esquinas del establecimiento.

Cuando empezó el partido, Seth prestó más atención a Lena que a la pantalla. Era de lo más entretenido. No necesitaba mirar la televisión para saber lo que hacían los Knights. Se notaba en su forma de entrecerrar los ojos, en las sonrisas que de cuando en cuando adornaban sus labios y, por supuesto, en sus gritos de alegría o disgusto, que se volvieron más altos a medida que el partido se volvía más emocionante.

–¡Oh, venga ya! ¿Se puede saber qué estáis haciendo? ¡Plácalo de una vez…! ¡Un poco más de energía!

Seth rio y estuvo a punto de atragantarse con la cerveza que se estaba tomando.

–Los jugadores no te pueden oír.

Lena llevó una mano al bol de frutos secos que les habían puesto y le tiró uno a la cara. Seth abrió la boca y se lo tragó al vuelo.

–Lo que pasa es que te molesta que sepa más de rugby que tú –dijo ella entre risas.

–Sabes más de rugby que la mayoría.

Ella se encogió de hombros.

–Es lógico, teniendo en cuenta que trabajo en un club.

–Pues no quiero ni pensar en lo que pasará cuando tengas hijos y se pongan a jugar con una pelota. ¿Les vas a gritar como gritas a los jugadores?

–En absoluto. No tengo intención de ser una madre prepotente.

–Ya. Eso dices ahora.

–Estoy hablando en serio –declaró con una vehemencia extraña–. Dejaré que se diviertan. No les exigiré que ganen un trofeo o algo así.

Él frunció el ceño y la miró. Era obvio que había tocado un punto sensible en la vida de Lena, aunque no sabía cuál.

–¿Tan mal te trataron tus padres?

Ella le lanzó una mirada de soslayo.

–Tú eres un ganador, Seth. No sabes lo que sentimos los mortales.

–¿No?

–No. Ni lo imaginas.

–Entonces, explícamelo.

Lena se giró hacia él y lo miró con intensidad.

–Mi madre y mi padre son abogados. Se conocieron en la universidad porque los dos jugaban en el equipo de tenis. Siempre fueron triunfadores, y querían que sus hijos también lo fueran. Pero solo premiaban el éxito. Si querías su aprobación, tenías que ganar –dijo, muy seria–. Y yo no era como mis hermanos… No volvía a casa con premios. Me esforzaba todo lo que podía y lo hacía bastante bien, pero no era suficiente.

–Comprendo. Son de los que piensan que, si no eres el mejor, no eres nadie.

Ella asintió.

–En efecto. Adoro a mis hermanos y me siento muy orgullosa de lo que hacen, pero también les tengo envidia. Yo no podía competir con ellos. No era tan buena. Y como no lo era, mis padres no me dedicaban tanta atención.

–¿Y qué hacías mientras tus padres concentraban su atención en tus hermanos?

Lena soltó una carcajada triste.

–Ver partidos de rugby. Me encantaba.

Seth le acarició la mejilla.

–Creo que eso te preocupa demasiado, Lena. Ganar no es lo más importante. Además, nadie gana todo el tiempo.

–Mis hermanos, sí. Y mientras unos ganan siempre, otros perdemos siempre.

–Aunque así fuera, no es bueno que te obsesiones con eso. En la vida hay cosas mucho más importantes.

–Sin duda. De hecho, mis padres sometían a mis hermanos a una presión que a mí me parecía inaceptable. Pero, sea como sea, mi familia es así. Creen que no hay felicidad sin éxito. Y yo quería estar a la altura de sus expectativas.

–¿Es que no te rebelaste? ¿No intentaste conseguir su atención de otra forma? –preguntó con suavidad.

Ella tardó unos segundos en responder.

–Bueno, me metí en unos cuantos líos… y cuando me preguntaron por qué, les dije exactamente eso, que lo hacía para conseguir su atención, porque los necesitaba.

–¿Y cómo reaccionaron?

–Mal. En lugar de preocuparse por mí, se preocuparon por el efecto que podía tener mi comportamiento en su bendita reputación.

–Oh, vaya…

Lena se volvió a encoger de hombros.

–De todas formas, no importa. Al final me cansé y me mudé a otra ciudad. Quería empezar de nuevo.

Seth se mantuvo en silencio porque pensó que Lena iba a seguir hablando; pero no dijo nada, así que sonrió con calidez y comentó:

–Bueno, seguro que ya no te importa tanto como entonces.

Ella lo miró con tristeza.

–¿Cómo no me va a importar? Son mis padres.

–Lo sé, Lena. Solo lo decía por…

–¿Es que hay alguien que no quiera la aprobación de sus padres? –lo interrumpió–. Piensa en tu caso, por ejemplo. ¿No querías saber que te adoraban y que aprobaban lo que hacías? Aunque, pensándolo bien, supongo que nunca tuviste ninguna duda al respecto. Has conseguido tantas cosas que estarán muy orgullosos de ti.

Lena se equivocaba. Y Seth se puso tan triste como ella. Sus éxitos no habían servido para nada;

no habían conseguido que su madre fuera feliz ni que su padre se quedara con ellos. A diferencia de Lena, estaba acostumbrado a ganar. Pero el resultado final de sus triunfos había sido el mismo, un fracaso.

–Sinceramente, no creo que importe tanto –dijo, intentando mantener una actitud positiva–. Deberías alegrarte de tener un trabajo que te gusta y de ser feliz con lo que haces. Y si tu familia es incapaz de reconocerlo… bueno, peor para ellos.

–Sé que tienes razón, Seth; y te aseguro que hago lo posible por olvidarlo –le aseguró–. Como bien has dicho, mi trabajo me gusta mucho. Y, quién sabe, puede que algún día aprecien mis éxitos. Pero, en el fondo de mi alma, siempre estará la necesidad de conseguir su aprobación, su atención, su cariño.

Seth cambió de posición en el taburete, incómodo.

–Si alguna vez tengo hijos –continuó ella–, me aseguraré de que nunca duden del amor que les profeso. Los querré en cualquier caso, tanto si tienen éxito como si no.

Él se limitó a asentir. Su experiencia familiar no se parecía mucho a la de Lena, pero la comprendía perfectamente. Aunque no tenía hermanos, imaginaba lo que se debía sentir al crecer junto a personas que se llevaban todos los aplausos. Y lamentó haber sacado el tema de conversación. A fin de cuentas, no la había llevado al bar para que se pusiera triste, sino para hacerla reír.

Se giró hacia la pantalla de televisión y dijo:

–Eh, mira… El novato del otro día acaba de hacer un buen placaje a un jugador del equipo contrario.

Lena miró la repetición de la jugada y sonrió de oreja a oreja. Seth se animó al instante y se dedicó a ver el partido de los Knights.

Hasta aquella noche, jamás se le había ocurrido la posibilidad de llevar a una mujer a un local tan poco elegante. Pero, al verla así, vestida con uno de sus pantalones, bebiendo cerveza y gritando desaforadamente a los jugadores del equipo, pensó que era la mejor idea que había tenido en su vida.

El lunes, Lena terminó pronto de trabajar. Iba a ser una semana tranquila, sin más complicaciones que las sesiones de entrenamiento del equipo. Cuando llegó a casa, entró en el cuarto de baño y se duchó. Estaba entusiasmada. El fin de semana había sido maravilloso y, además, Seth le había prometido que pasaría a buscarla en cuanto saliera del despacho.

Minutos más tarde, se secó, se vistió y se cepilló el cabello. Ardía en deseos de estar con él, pero el tiempo pasó lentamente, y Seth no aparecía.

Durante tres horas, se dedicó a caminar por la casa y a mirar el móvil, por si llamaba. Y entonces, se preguntó qué diablos estaba haciendo. ¿Iba a cometer los mismos errores del pasado? ¿Se dedicaría a esperar a un hombre que solo se presentaba cuando le venía bien, que se comportaba como si su tiempo le perteneciera?

No, de ningún modo.

En su enfado, se recordó a sí misma que la suya era una relación puramente sexual, una simple aventura. Y, en cierto sentido, debía estar contenta. Si Seth no se presentaba, tendría la noche libre y podría volver a levantar las defensas que se le habían hundido durante el fin de semana. Después, todo sería más fácil. Si sobrevivía a una noche sin él, podría sobrevivir a dos, tres o cuatro.

Pero sabía que sería más fácil si no se quedaba en casa, sola. Y como ya se había vestido, abrió la puerta y salió del edificio con intención de ir a cualquier parte. Justo entonces, Seth salió del coche que acababa de aparcar junto a la acera.

–Lo siento. Me he liado y…

–No te preocupes. Estoy bien –mintió.

Él frunció el ceño.

–¿Has cenado?

–Por supuesto. ¿Qué podía hacer? ¿Esperarte? No sabía a qué hora llegarías y no me gusta estar sin hacer nada.

Seth respiró hondo.

–Lena…

–No tengo tiempo para hablar contigo. Me voy.

–¿Un lunes por la noche?

–Los lunes son los nuevos viernes. ¿Es que no lo sabías? Además, mañana tengo el día libre. Para mí es como si fuera fiesta.

–Ah… ¿Y no quieres que te acompañe?

–No.

Seth la miró fijamente.

–Estás enfadada conmigo, ¿verdad?

Ella no contestó.

–Lena, te aseguro que no tengo el don de adivinar los pensamientos. Dime qué te pasa, por favor. ¿Qué he hecho?

–Nada. Olvídalo.

–Pero…

–Ah, y no te molestes en traerme flores para que te perdone –lo interrumpió con brusquedad–. Solo quiero que, si has quedado conmigo y llegas tarde, me llames por teléfono para decirme que te vas a retrasar.

–Lo siento mucho, Lena. No esperaba que las cosas se complicaran tanto –se disculpó él–. Primero tuve una reunión que se alargó demasiado y luego me tuve que poner a trabajar con las cosas que no hice durante el fin de semana.

–Ya.

Seth entrecerró los ojos.

–Te estoy diciendo la verdad, pero si prefieres no creerme…

–Podrías haber enviado un mensaje.

–Y lo habría hecho si hubiera tenido cobertura.

Lena lo miró con escepticismo. Estaban en la segunda ciudad más grande de Nueva Zelanda. Allí siempre había cobertura.

–Veo que no me crees –siguió Seth–. Eres casi tan desconfiada como yo. ¿Por qué, Lena? ¿Es que alguien te hizo daño?

Ella apartó la mirada.

—No. Me hice daño a mí misma.

Él esperó a que dijera algo más.

Y esperó en vano.

—Bueno, si no vas a salir conmigo, ¿quieres que te lleve a alguna parte?

—No, gracias.

Seth decidió no discutir con ella.

—Como quieras. Hablaremos más tarde.

Lena se fue calle abajo sin despedirse de él. Pero se sintió la mujer más patética del mundo cuando oyó que su coche se alejaba.

Al final, no fue a un club ni a ver una película. En lugar de eso, entró en un supermercado y compró una novela de detectives. Necesitaba leer algo donde el malo terminara mal.

Capítulo Diez

Seth estaba tan agotado como estresado, pero no podía dormir. Había llegado tarde a su cita con Lena. ¿Y qué? No era la mayor tragedia del mundo. Y le parecía increíble que le hubiera prohibido que le llevara flores.

Empezaba a estar cansado de su exceso de dramatismo. Incluso se alegró de tener que volar a la mañana siguiente, porque pensó que le vendría bien. Necesitaba un poco de espacio. Se habían estado viendo con demasiada frecuencia. De hecho, se veían tanto que intentó convencerse de que se empezaba a aburrir.

Pero no era verdad.

Se acercó a la ventana y miró la calle. ¿Dónde habría ido? ¿Con quién habría salido? Sospechaba que no tenía muchos amigos, lo cual era bastante extraño. La gente le gustaba tanto que era feliz cuando el estadio estaba a rebosar. Pero vivía sola. Y parecía decidida a no tener ninguna relación seria con nadie.

Seth se maldijo para sus adentros. En realidad, le desagradaba la idea de tener que viajar al día siguiente. Hacía lo posible por no volver a Auckland y, en parte por eso, se había concentrado en sus operaciones de Christchurch y Wellington. Pero, una vez más, se dijo que era lo mejor. Necesitaba poner tierra de por medio.

Pero entonces, tuvo una idea.

Le pediría que lo acompañara a Auckland, lejos de la presión del trabajo.

Ahora solo faltaba que estuviera de acuerdo.

Lena se sobresaltó cuando alguien llamó a la puerta a primera hora de la mañana. Y se llevó tal alegría al ver a Seth que toda su tristeza de la noche anterior se disipó al instante.

—Seth… ¿Qué haces aquí?

—Quiero que vengas conmigo.

Ella frunció el ceño.

—¿Ir contigo? Lo siento, pero pensaba ir de compras.

—Puedes ir de compras en cualquier otro momento. Venga, no te hagas de rogar. Ven conmigo, por favor…

Lena se habría resistido, pero no pudo. Lo deseaba tanto como él a ella.

—Está bien, pero necesitaré unos minutos.

Seth entró en la casa y miró su cabello revuelto.

—¿Qué tal anoche? ¿Te acostaste tarde?

Ella asintió. Se había leído la novela de un tirón, y al final se había acostado a las cuatro de la madrugada.

Quince minutos más tarde, salieron del edificio

y subieron al coche. Lena ni siquiera se fijó en el trayecto, porque solo tenía ojos para él. Pero su curiosidad se despertó cuando vio que tomaban una de las incorporaciones del aeropuerto.

–¿Adónde vamos?

–A hacer un pequeño viaje.

Seth dejó el coche en el aparcamiento de la terminal de vuelos privados. Luego, bajaron del vehículo y la llevó hacia la pista.

Cuando Lena vio el reactor que estaba esperando, dijo:

–No pretenderás que suba a eso, ¿verdad?

–¿Por qué no? ¿Te dan miedo los aviones?

–No, los aviones no me dan miedo, pero ese aparato es demasiado pequeño. Francamente, prefiero los vuelos comerciales… No me voy a meter en una especie de ataúd con alas –contestó.

Él rio, pero no se detuvo.

–Por Dios, Lena, es un reactor. Cualquiera diría que nos vamos a lanzar en parapente sobre unas montañas…

–No me voy a subir –insistió–. Sobre todo, si tú eres el piloto.

–¿Es que no confías en mí?

–Por supuesto que no. Tú te dedicas a comprar y vender edificios. Si sabes pilotar, no serás más que un piloto aficionado con más arrogancia que sentido común.

–Entonces, ¿te niegas de verdad? Vaya, eres especialista en negativas.

Ella lo miró con cara de pocos amigos, pero él

sonrió y la tensión desapareció de inmediato. Entonces, él se apartó y se giró hacia un hombre que se les había acercado sin que Lena se diera cuenta.

–Lena, te presento a Mike.

Lena parpadeó con desconcierto y estrechó la mano al desconocido.

–Mike es piloto profesional –explicó Seth–. No sé de dónde te has sacado que yo tenía intención de pilotar, pero no te preocupes, el avión es cosa suya.

–Ah…

Mike sonrió y dijo:

–Estoy haciendo las últimas comprobaciones. Podemos despegar en cinco minutos, si os parece bien.

–Nos parece perfecto –dijo Seth, que se giró hacia Lena–. ¿Necesitas ir al cuarto de baño? Hay uno en el hangar.

–No, gracias.

Lena miró al piloto, que ya se había alejado, y entrecerró los ojos.

–¿Qué ocurre? –preguntó Seth.

–Que no lleva uniforme.

Seth rompió a reír.

–No soy de los que exigen a sus empleados que se pongan uniforme –declaró–. Ya no estamos en el colegio.

–Pero es tu piloto personal…

–Y pilota mi avión privado, sí.

–Pues si tenías intención de impresionarme, no lo vas a conseguir. Te recuerdo que trabajo con un montón de niños ricos y mimados.

Él se encogió de hombros.

–Lo sé.

Lena sonrió.

–Bueno, aún no has contestado a mi pregunta. ¿Adónde vamos?

–A Auckland.

Ella arrugó la nariz.

–Seth, hay un montón de vuelos comerciales que hacen el trayecto de Auckland. ¿No estaríamos mejor en uno de ellos?

–Me temo que tendrás que conformarte con mi reactor. Habría reservado billetes en un vuelo comercial, pero no tenían.

Lena arqueó una ceja con incredulidad.

–Además, ¿qué sería de Mike si no volara con él? –continuó Seth–. Se quedaría sin trabajo.

–Si me das explicaciones porque te sientes culpable, olvídalo. No las necesito.

–Yo no me siento culpable –dijo él con humor–. Duermo a pierna suelta.

–¿Ah, sí?

–Bueno, anoche no dormí muy bien.

Lena se preguntó por qué. ¿Sería posible que la hubiera echado de menos?

–Es que no me apetecía volar a Auckland –continuó.

–¿Y tanto te disgustaba que no pudiste dormir?

Seth no respondió a la pregunta. Se limitó a sonreír y a llevarla al interior del aparato. En la zona de los pasajeros solo había cuatro sillones y una mesita.

Cuando ya se habían sentado, él dejó su bolsa en el suelo y sacó el ordenador portátil que contenía.

–Discúlpame un momento. Tengo que preparar un par de cosas.

–¿Es un viaje de trabajo?

–Sí, debo asistir a una reunión importante –contestó–. Y me queda mucho por hacer…

La distracción de Seth aumentó cuando llegaron a Auckland y subieron a un taxi. Estuvo hablando por teléfono durante casi todo el trayecto.

Por fin, el coche se detuvo delante de un hotel.

–Me voy directamente a la reunión –le informó Seth–. En principio, no debería tardar más de una hora. Pero has dicho que querías ir de compras, ¿no? Nos encontraremos aquí y nos iremos a comer.

Lena se fue de compras y volvió al hotel una hora más tarde. Al entrar en el vestíbulo, descubrió que Seth estaba con varios hombres. Tras las presentaciones oportunas, Lena se dio cuenta de que los hombres tenían intención de comer con él y dijo:

–Si quieres, nos podemos ver más tarde.

Seth sacudió la cabeza.

–No, quédate y come con nosotros.

Ella adoptó la mejor y más profesional de sus sonrisas y se puso a charlar con los compañeros de Seth. En cuanto supieron que trabajaba para los Silver Knights, la acribillaron a preguntas, pero no le sorprendió. Sabía que a los hombres de negocios les encantaban las historias del equipo de rugby.

Media hora después, dejaron las anécdotas deportivas. Seth empezó a hablar de los planes que tenía para un edificio nuevo que pensaba construir. Lena supuso que ya lo habrían tratado en la reunión de la mañana, pero los hombres lo escucharon con sumo interés, como si no supieran nada en absoluto. Era tan carismático y tenía tanta energía que todo el mundo lo escuchaba con atención.

Tras la comida, Seth dijo que tenían que discutir algunos asuntos de negocios y le pidió a Lena que lo esperara en la suite que había reservado, con la promesa de que subiría enseguida. Lena siguió a uno de los botones hasta la suite, echó un vistazo al lugar e intentó leer una de las revistas que estaban en la mesa del salón. Pero estaba demasiado enfadada. Le parecía increíble que la hubiera llevado a Auckland para dejarla sola.

Minutos más tarde, Seth entró a toda prisa y se quitó la corbata.

–Lo siento. Espero que no te hayas aburrido mucho durante la comida.

La disculpa de Seth no sirvió para que el humor de Lena mejorara, pero después pensó que iban a hacer el amor y se animó al instante. Sin embargo, se llevó una sorpresa. Seth solo se había quitado la corbata. No parecía tener intención de quitarse la ropa y, además, había dejado la puerta abierta.

–Venga, sígueme –dijo–. Necesito un poco de aire fresco.

Lena se quedó asombrada. Había visto la enorme cama del dormitorio y le parecía terrible que la desaprovecharan; pero, a pesar de ello, lo siguió hasta el vestíbulo y subió con él a uno de los taxis que estaban en el vado del hotel.

–¿Adónde vamos?

–A un lugar más divertido que este.

Lena se fijó en que se dirigían otra vez al aeropuerto y se quedó completamente perpleja cuando llegaron y se detuvieron delante de un helicóptero.

–¿Quieres que volemos otra vez?

–Sí, pero no te preocupes –respondió con una sonrisa–. Te prometo que el piloto del helicóptero también es un profesional.

–¿Y adónde me llevas?

–A la playa.

Al cabo de veinticinco minutos, el helicóptero los dejó en un pasaje de la costa norte de Auckland, absolutamente paradisíaco. Y dos minutos más tarde, se habían quitado el calzado y estaban chapoteando en las olas.

–Gracias por haberme acompañado. Y siento haber estado tan aburrido… Fui sincero al decir que no quería venir a Auckland. Prefiero dirigir mis negocios desde Christchurch, pero ayer surgió un problema y las cosas se complicaron… Por eso llegué tan tarde a tu casa –dijo él–. Por lo menos, ya estamos juntos otra vez. Ardía en deseos de quedarme a solas contigo.

–Entonces, ¿podemos hacer esto más veces? –preguntó con inseguridad.

Él rio.

–Hay una parte de mí que no querría hacer otra cosa –le confesó–. Te quería traer a esta playa, aunque esta mañana, cuando estaba en la reunión, se me ocurrió que me podías ser de ayuda en la comida de negocios. Y me has ayudado mucho, la verdad. Me consta que se han divertido contigo.

Ella se sintió halagada, pero preguntó:

–¿Por qué estabas tan preocupado por esa reunión? Se nota que los tienes comiendo de tu mano.

Seth volvió a reír.

–No, qué va. Solo les interesa mi dinero.

Ella sacudió la cabeza.

–No, no se trata solo de dinero. Los he estado observando, y sé que los has impresionado con tus ideas.

–Me alegra que lo creas así.

–Entonces, ¿dónde está el problema?

Seth suspiró.

–A decir verdad, la reunión no era lo que me preocupaba. Mi ansiedad se debía a la ciudad, a Auckland. Ten en cuenta que crecí aquí.

Ella se quedó sorprendida. Siempre había pensado que era de Christchurch.

–¿En serio?

–Sí. Y, aunque parezca patético, me mantenía lejos de Auckland porque la tenía asociada a un montón de recuerdos desagradables. Empezando por mi padre.

–Pero yo pensaba que tu padre…

–¿Estaba muerto? –la interrumpió–. Sí, ahora sí. Falleció hace un año.

–Lo siento mucho.

Seth se encogió de hombros y dijo con amargura:

–Mi padre era un canalla.

Lena se dio cuenta de que Seth necesitaba hablar, así que guardó silencio.

–Nos dejó a mi madre y a mí cuando yo tenía catorce años. Aunque eso no fue tan malo como los meses anteriores a su divorcio.

–¿Por qué?

–Porque estaba con otra mujer. Una jovencita manipuladora que estaba más cerca de mi edad que de la suya. Se quedó embarazada.

–¿Y tuvo el hijo?

–Esa es la cuestión. Al cabo de poco tiempo, mi padre volvió con mi madre y le prometió que su aventura había terminado y que se iba a quedar con ella. Y cumplió su palabra. De hecho, se comportaba mejor que nunca. Era más cariñoso, más atento, más trabajador. Pero, seis meses más tarde, nos dijo que su amante estaba esperando un niño y que se marchaba con ella. Fue peor que la primera vez.

–Oh, Seth…

–Aquello destrozó a mi madre. Se quedó completamente hundida –dijo, sacudiendo la cabeza–. Pero me tenía a mí, así que sacó fuerzas de flaqueza y siguió adelante.

–¿Crees que esa mujer se quedó embarazada a propósito?

–Por supuesto que sí –afirmó–. Y para mi madre, fue la gota que colmó el vaso. Quería tener más hijos, pero no podía.

–¿Y qué pasó después?

–Que tuvieron el niño y se casaron. Más tarde, se mudaron a Auckland y, por si fuera poco, se quedaron a vivir en la casa que hasta entonces había sido de mi madre.

A Lena se le encogió el corazón.

–Entonces, tienes un hermanastro...

–En efecto.

–¿Y cuántos años tiene?

–No estoy seguro. Supongo que estará en la pubertad.

–¿Es que no lo has visto nunca? –preguntó con sorpresa.

–Lo vi un par de veces cuando él era un niño. Y también el año pasado, en el entierro de mi padre –respondió–. Pero no nos dirigimos la palabra.

–¿No lo quieres conocer?

–¿Para qué?

–Bueno, es tu hermanastro.

–Él no es nada para mí. No hemos tenido el menor contacto. Y, desde luego, no quiero saber nada de su madre, Rebecca Walker.

Rebecca Walker. De repente, la historia se volvió más real y más triste para Lena, como si la mención de un simple nombre le diera más sentido.

–Ah, es la persona que te escribió la carta del otro día, la que dejaste con los periódicos. Vi el apellido en el sobre y me pareció curioso que tuviera el mismo apellido que tú.

–Sí, me temo que adoptó el apellido de mi padre cuando se casó con él.

–¿Por qué te escribió?

–Supongo que por lo de siempre. Para pedirme dinero.

–Pero no puedes estar seguro… A fin de cuentas, no abriste la carta.

–No, ¿para qué?

–¿No sientes ni un poco de curiosidad?

Seth sacudió la cabeza.

–No.

Por la cara de Seth, Lena supo que no conseguiría nada si le decía que leyera la carta. Estaba demasiado herido como para interesarse por ello. Pero, por otra parte, existía la posibilidad de que Rebecca Walker no hubiera escrito para pedirle dinero, sino por algún problema grave. De hecho, le pareció extraño que se pusiera en contacto con él sin una buena razón.

–Puede que te estés equivocando, Seth –se atrevió a decir–. Puede que no sea tan mala como piensas.

–¿La estás defendiendo? –preguntó con asombro.

–No la estoy defendiendo; pero, en cuestión de relaciones amorosas, la culpa no suele ser de una sola persona, tiende a estar bastante repartida –contestó.

–Sí, eso es verdad. Pero recuerda que se quedó embarazada a propósito, para atrapar a mi padre –declaró, enfadado–. Sin embargo, no espero que lo entiendas. Tus padres siguen juntos. No sabes lo que se siente al crecer en circunstancias como esas.

Lena sintió pánico de repente. Durante unos momentos, había coqueteado con la posibilidad de que su relación con Seth se convirtiera en algo más que una simple aventura. Pero hablaba tan mal de la amante de su padre que se preguntó qué pasaría cuando supiera que ella también había salido con un hombre casado, que también había contribuido a la ruptura de un matrimonio, que era como Rebecca Walker.

Desgraciadamente, tendría que decírselo en algún momento. Y, por su actitud, supuso que ese momento sería el último de su relación.

Capítulo Once

Un par de días después, tras asistir a varias reuniones más, Seth llamó por teléfono a Mike y le pidió que preparara el avión para volver a Christchurch aquella misma noche.

Sabía lo que Lena quería: un hombre que estuviera con ella todo el tiempo; un hombre que le diera la atención que nunca le habían dado sus padres. Seth pensó que Lena no merecía que su familia la tratara de esa forma. Era una mujer maravillosa y, aunque no lo hubiera mencionado nunca, estaba seguro de que querría casarse y tener hijos.

Sin embargo, Seth no buscaba ni lo uno ni lo otro. Así que, teniendo en cuenta que sus ideales no coincidían, sería mejor que se separaran cuanto antes. Además, sería lo más justo para ella. Si él desaparecía, podría buscar un hombre más adecuado a sus intereses. Pero no era capaz de poner fin a su relación. Añoraba su compañía.

Llegaron a Christchurch alrededor de las doce de la noche y, poco después, Lena se quedó dormida.

Él se inclinó y le dio un beso en los labios y en

la frente. Un beso casto y cariñoso, lleno de ternura.

Ella susurró algo que él no entendió; pero supo que estaba contenta porque en sus labios se dibujó una sonrisa. A continuación, se apretó contra su cuerpo.

Pero tardó un buen rato en dormirse; porque, al pensar en el susurro que no había entendido, tuvo la seguridad de que Lena había pronunciado dos palabras que no quería oír. Dos palabras que había oído en boca de otras mujeres, aunque nunca las había creído. Al fin y al cabo, era consciente de que solo lo querían por su dinero y su fama. Pero Lena no era como ellas. Lena no se parecía a ninguna de las personas que habían pasado por su vida.

Y eso lo complicaba todo. No estaba preparado para que le dijera que lo amaba.

Lena se despertó y vio que Seth estaba a su lado, profundamente dormido. Se incorporó un poco, lo admiró durante unos segundos y, entonces, recordó lo que le había dicho entre sueños la noche anterior.

Se levantó de la cama con cuidado, se metió en la ducha y cerró los ojos con fuerza en un intento por refrenar las lágrimas. Había cometido un grave error. Especialmente, porque también recordaba lo que había dicho Seth tras su declaración de amor: nada en absoluto.

Cuando salió de la ducha, se vistió y preparó el desayuno. Seth seguía dormido y, en el silencio posterior, Lena trazó un plan. Fingiría que no había dicho nada. Y si él lo había escuchado, diría que lo había soñado.

Solo entonces se acercó a la cama y le puso una mano en la pierna.

—Seth… ¿No tenías que ir a Wellington?

Seth no se inmutó.

Ella descorrió las cortinas y lo volvió a sacudir con suavidad.

—Ah, hola, Lena…. —dijo él, abriendo los ojos—. Lo siento. Es que anoche tardé mucho en dormirme…

Lena alcanzó su bolso y se miró en el espejo. Cuando volvió a mirar a Seth, vio que se había sentado en la cama y que se había tapado de cintura para abajo con la sábana, algo que no hacía nunca.

—Tengo que irme —dijo ella sin demasiada convicción.

Seth no dijo nada. De hecho, ni siquiera la miró a los ojos.

—Bueno, ya sabes dónde está la salida —continuó Lena—. Será mejor que me vaya, o llegaré tarde al trabajo.

Seth se quedó mirando el techo cuando Lena salió del dormitorio. No quería creer que lo que había oído la noche anterior fuera cierto. Quizás había sido un sueño. A fin de cuentas, estaba muy cansado. Y seguía muy cansado. De hecho, se sentía como si le hubieran pegado una paliza.

Se volvió a tumbar, cerró los ojos e intentó conciliar el sueño otra vez, pero no lo consiguió. Estaba demasiado tenso, y se conocía lo suficiente como para saber que esa tensión no se debía a que estuviera preocupado por lo que Lena le había dicho. ¿Qué le pasaba entonces?

Al sentir el aroma de Lena en las sábanas, tuvo una revelación. Ya lo sabía. No estaba así porque su declaración lo incomodara, sino porque quería oírla otra vez.

Seth sintió pánico. Era la primera vez que deseaba el amor de una mujer. Y cuando pensó que no se podrían ver hasta que volviera de Wellington, se llevó un disgusto. Desde luego, la podía llamar por teléfono o enviarle un mensaje; pero necesitaba estar con ella, hablar con ella cara a cara.

Se levantó a toda prisa y tomó una decisión. Volvería de Wellington tan pronto como le fuera posible; la iría a buscar, la llevaría a algún sitio donde pudieran estar a solas y, entonces, solventarían aquella situación.

Lena no prestó atención al partido. Los Knights ganaron, pero eso era inevitable. Seth estaba en el palco de honor, en compañía de Dion, Andrew y los chicos del programa educativo

Mientras hablaba con otros invitados, Lena pensó que se había metido en un buen lío. Como en otras ocasiones, se había enamorado de un hombre que no quería lo mismo que ella.

Desgraciadamente, estaba segura de que Seth no la quería. Su comportamiento de aquella mañana le había parecido de lo más explícito.

Desde luego, sabía que Seth era mejor que el hombre casado con quien había estado saliendo la vez anterior. No engañaba a nadie. No hacía trampas en las relaciones. Pero también tenía sus defectos. A Lena le entristecía que fuera tan amable con los chicos de Andrew y que, en cambio, fuera incapaz de preocuparse por su propio hermanastro. Por lo visto, no sabía perdonar.

Terminado el partido, los Knights bajaron al vestuario, se ducharon, se vistieron y se pusieron a charlar con los invitados y patrocinadores antes de dirigirse al club donde pensaban festejar su nueva victoria. Algunos de los jugadores estaban hablando con Andrew y los chicos, pero Lena no estaba de humor para acercarse a ellos. Necesitaba un poco de aire fresco, así que dio media vuelta y salió al estadio, que para entonces ya estaba vacío.

Llevaba un par de minutos en la barandilla cuando oyó la voz de Seth.

–¿Lena?

Lena lo miró a los ojos.

–Si tu hermanastro tuviera problemas como los de esos chicos, ¿lo ayudarías? –preguntó sin preámbulos.

Él frunció el ceño y se apoyó en la barandilla.

–¿Es que crees que tiene problemas?

–No lo sé, pero existe la posibilidad de que los tenga y de que su madre te haya escrito por eso.

Seth suspiró.

–Lena... seguro que me ha escrito para pedirme dinero. Es increíble lo que la gente es capaz de pedir cuando sabe que eres rico.

–¿Y si estás equivocado? ¿No se te ha ocurrido pensar que tu hermanastro y ella se podrían encontrar en la misma situación que sufristeis tu madre y tú?

–Dudo que se puedan encontrar en la misma situación –declaró de forma brusca.

–Oh, Seth. Ese chico ha perdido a su padre...

–Yo también lo perdí. Hace mucho tiempo.

Lena asintió.

–Sí, en efecto. Y puede que él necesite ayuda.

Seth volvió a suspirar.

–Esto no tiene ni pies ni cabeza, Lena. Tú no puedes entender que...

–No, eres tú quien no entiende –lo interrumpió–. Quien nunca podrá entender.

–De qué estás hablando?

Ella respiró hondo y dijo:

–Tuve una aventura con un hombre casado. Fui su amante durante un año entero. E hice lo posible por romper su matrimonio.

Él se la quedó mirando con asombro.

–¿Qué has dicho?

–Lo que has oído. Estuve en el papel de Rebecca. Interferí en el matrimonio de otras personas y lo intenté romper –contestó–. Yo fui la seductora que tanto detestas en esa mujer. Fui de la clase de mujeres que odias.

Seth se quedó en silencio. Pero sus ojos brillaron con tanta ira que a Lena se le partió el corazón.

—El hombre con el que salía no era ningún inocente. Yo no lo engañé; no le tendí ninguna trampa. De hecho, fue él quien me empezó a perseguir. Me aseguró que se había separado de su esposa, e incluso me enseñó la carta del divorcio… Pero era una falsificación.

Lena se detuvo un momento y siguió hablando.

—Él insistió e insistió y yo me sentí estúpidamente halagada por sus atenciones. Cuando consiguió lo que buscaba, se empezó a portar con más frialdad; pero yo estaba tan obsesionada con él que ni siquiera me di cuenta. Anhelaba su amor. Creía que me había enamorado y creía en todas sus promesas… Pero ya no soy la mujer que fui. No voy a cometer el error que cometí entonces. No puedo estar con un hombre que no me puede dar lo que necesito.

Seth se quedó pálido.

—Pero yo no te estoy engañando, Lena…

—Es cierto, no me estás engañando con otra mujer; pero eso no cambia el hecho de que no estás dispuesto a mantener una relación seria con nadie. Solo quieres una relación sexual, una aventura pasajera.

—Tú dijiste que querías lo mismo –le recordó él.

—Lo sé, pero ya no es suficiente.

—Lena…

—Estoy segura de que algún día te enamorarás

de una mujer y querrás de ella lo que no quieres de mí. Pero es obvio que yo no soy esa mujer, y que no lo seré nunca.

Lena se detuvo para tomar aire y porque tenía la esperanza de que Seth la interrumpiera y dijera que estaba equivocada, que ella era esa mujer. Sin embargo, no habló. La miraba en silencio, boquiabierto.

—Lo siento, Seth. Te deseo con toda mi alma, pero me niego a terminar en la misma situación que entonces. Merezco algo mejor.

—Lena, fuiste tú quien te empeñaste en que nuestra relación fuera puramente física —dijo él, intentando razonar con ella.

—¡Dije eso porque te deseo! —exclamó—. Pero, en el fondo, quería más. Y sé que tú no me lo puedes dar. Admítelo de una vez por todas.

Seth guardó silencio de nuevo, y a ella le molestó profundamente. Necesitaba que dijera algo, que aclarara las cosas en un sentido u otro. Pero se mantenía al margen y la obligaba a tomar la iniciativa, a ser ella quien diera el golpe de gracia.

—Además, ahora ya sabes que no puedes confiar en mí. Tú desprecias a las mujeres que mantienen relaciones con hombres casados —dijo con amargura—. Dudarías de mi lealtad. Pensarías que te iba a traicionar en cualquier momento.

Él palideció un poco más.

—Odias la infidelidad, Seth. Y estás delante de la reina de la infidelidad —continuó—. Un hombre tan virtuoso como tú sería incapaz de estar con una mujer como yo. A fin de cuentas, no soy más que una seductora. Y las seductoras tenemos la culpa de todo, ¿verdad? Pero déjame que te diga una cosa: tú tampoco eres perfecto.

Lena respiró hondo y siguió con su declaración.

—Crees que te has portado bien porque no me has engañado; pero en el fondo sabías que buscamos cosas distintas y, a pesar de ello, te has estado acostando conmigo. Además, tus discursos sobre la independencia no son más que una excusa para justificar tu egoísmo y tu incapacidad para amar. Eres tan obtuso que ni siquiera te preocupas por tu propio hermanastro. Pero ya no quiero saber nada de ti. Tú y yo hemos terminado.

Él se quedó inmóvil como una estatua.

Con lágrimas en los ojos, ella dio media vuelta y se alejó a toda prisa, como si la persiguiera el mismísimo diablo.

Por fin lo había hecho. Había roto la relación. Y la había roto de la mejor manera posible, con la verdad.

Capítulo Doce

Si su relación hubiera sido estrictamente sexual, la ruptura no le habría resultado tan dolorosa. Al fin y al cabo, Lena estaba acostumbrada a vivir sin sexo.

Se sentó en el sofá y rompió a llorar sin poder evitarlo. Lloraba porque lo echaba de menos. Lloraba porque ella no era suficiente para él. Lloraba porque Seth no le podía dar lo que necesitaba.

Fue una noche larga y difícil. Albergaba la esperanza de que se presentara en el piso, así que estuvo despierta un buen rato. Pero Seth no se presentó.

Durante tres días, se concentró totalmente en el trabajo e incluso aceptó más tareas para no tener tiempo de pensar. Había bloqueado el número de teléfono de Seth y cambiado las especificaciones del correo electrónico para que tratara sus mensajes como si fueran spam, así que no sabía si había intentado ponerse en contacto con ella. Pero estaba segura de que no lo había intentado. A fin de cuentas, debía de odiarla.

El miércoles por la mañana, se dirigió a la cancha para entregar un paquete al entrenador. Los jugadores estaban haciendo ejercicio y no había nadie cerca de ella, así que nadie la pudo sostener cuando tropezó y se cayó de espaldas.

Lena cerró los ojos al sentir el impacto y, cuando los volvió a abrir, se encontró entre un montón de hombres.

—¿Lena? ¿Lena? ¡Lena! —exclamó uno de los jugadores.

—¡Que alguien vaya a buscar a Gabe! —dijo Ty.

Ella sacudió la cabeza.

—Estoy bien… —acertó a decir.

—No, no lo estás. No te muevas.

Lena no tenía intención de moverse. Solo quería huir y desaparecer, pero no podía.

—¿Te duele la cabeza?

Ella pensó que lo único que le dolía era el corazón, pero dijo:

—No lo sé.

—¿Te duele aquí?

Alguien le tocó las piernas, las rodillas y los brazos, como para asegurarse de que no se había roto nada. Y Lena sintió un pinchazo en la sien.

—¡Ay!

—Ven conmigo.

Alguien la levantó del suelo y la apretó contra su pecho.

Lena no entendía lo que había pasado. Nunca se había tropezado con los zapatos de tacón alto. Y estaba segura de que los jugadores le tomarían el pelo durante una larga temporada.

Gabe la llevó al vestuario, la sentó en un banco

y le dio un paño húmedo para que se lo pusiera en la frente. Ella obedeció y sintió náuseas cuando se dio cuenta de que el paño se estaba llenando de sangre.

Ty y Jimmy se acercaron entonces, mientras Gabe buscaba algo en el botiquín.

—¿Necesitas algo, Lena? —preguntó Jimmy—. Sabes que puedes contar con nosotros para lo que sea.

Ella sonrió con debilidad.

—No os preocupéis por mí. Sé cuidar de mi misma —dijo, agradecida.

—Es que no nos gusta que te hagas daño… Y no me refiero al golpe que te acabas de llevar —declaró Ty.

Los ojos de Lena se llenaron de lágrimas. Al parecer, estaban al tanto de su relación con Seth y del hecho de que se habían separado. Pero no tenía nada de particular, teniendo en cuenta que se habían estado viendo durante dos semanas.

—Os lo agradezco mucho, Ty.

—No hay nada que agradecer. Eres nuestra hermana mandona, ¿recuerdas?

Ella asintió.

—Y vosotros, mis hermanos irritantes.

—Ese tipo es un estúpido, Lena.

—Anda… volved de una vez a vuestro entrenamiento. Estoy bien, de verdad.

Un segundo más tarde, alguien abrió la puerta del vestuario con tanta fuerza que rebotó en la pared con un estruendo.

–¿Dónde está…?

Era Seth. Al verla con el paño lleno de sangre, dejó la frase sin terminar y se dirigió directamente a ella. Dion apareció detrás y dijo:

–Seth estaba conmigo cuando los chicos han ido a buscar a Gabe.

–Lena…

–No me pasa nada –dijo, intentando sonreír–. En serio, estoy bien.

Ty y Jimmy salieron del lugar en compañía de Dion, pero no sin lanzar antes una mirada de pocos amigos a Seth.

–¿Cómo se encuentra, Gabe? Parece un corte profundo… ¿Tendrás que darle puntos?

–Eso me temo.

–¿Y no le quedará marca?

–He dado puntos a montones de jugadores y no le ha quedado marca a ninguno. No sería bueno para el calendario del equipo –respondió, antes de arrodillarse junto a Lena–. No te preocupes, cariño. Te dejaré perfecta.

Gabe se puso manos a la obra, con Lena rígida como una estatua. Seth se mantuvo a su lado, sin quitarle la vista de encima.

Por fin, Gabe se levantó y se quitó los guantes.

–Ya está. Si te duele la cabeza en algún momento, ve a urgencias. No parece que tengas nada, pero podrías haber sufrido una pequeña conmoción… De hecho, no conviene que esta noche estés sola.

Gabe alcanzó el botiquín y salió del vestuario.

Lena respiró hondo y, tras unos segundos de silencio, Seth dijo:

–¿Qué tal te van las cosas?

–Bien. Trabajando mucho –respondió sin más.

–Excelente. En fin, supongo que nos veremos.

Seth se marchó y ella se quedó en el vestuario durante unos minutos, intentando contener las lágrimas. Luego, se levantó, subió al despacho y cerró la puerta. Estaba tan deprimida que se alegró de tener toneladas de trabajo. Así no podría pensar en él.

Seth salió del vestuario a toda prisa, con un sabor extrañamente amargo en la boca. Le habría gustado odiarla. Había hecho todo lo que podía por sacarla de sus pensamientos. Se había ido de la ciudad y se había dedicado a trabajar sin descanso, pero no había funcionado.

Ardía en deseos de hablar con ella y abrazarla, pero era obvio que no lo quería.

¿Cómo era posible que aquella mujer fría y distante fuera la misma con la que se había acostado tantas veces? ¿Cómo era posible que fuera la misma persona que le he había dicho que estaba enamorada de él?

Casi había llegado al coche cuando se encontró con Ty, el capitán del equipo.

–¿Cómo está Lena?

–Bien –contestó–. Está bien.

–¿Tú crees? –dijo Ty con brusquedad.

–¿Me vas a soltar un discurso de hermano mayor?

–¿Qué te hace pensar que la considero una especie de hermana pequeña? –replicó Ty–. Lena me rechazó como ha rechazado a todo el mundo, pero le tengo mucho cariño. Y merece estar con un hombre que le dé lo que necesita.

–¿Y crees que yo no sé lo que necesita?

–Quién sabe. Puede que yo lo sepa mejor que tú.

Seth no se molestó en decir nada más. Subió al coche, cerró la portezuela de golpe y arrancó, presa de un ataque de celos. No soportaba la idea de que Lena terminara por aceptar las atenciones de Ty o de cualquier otro jugador. Pero, como bien había dicho el capitán del equipo, los había rechazado a todos. Y, sin embargo, se había acostado con él.

Cinco minutos después de llegar al piso, se cambió de ropa y empezó a golpear el saco de boxeo, en un esfuerzo por tranquilizarse. Por primera vez durante los tres últimos días, empezaba a escuchar la voz interior que lo había estado torturando.

Lena estaba convencida de que la odiaba porque se había comportado en otro tiempo como Rebecca, la amante de su padre. Pero no era cierto. A decir verdad, le daba igual lo que hubiera hecho con su vida. Además, le parecía lógico que, sintiéndose abandonada por su propia familia, hubiera buscado en otra parte la aprobación y el amor que necesitaba. Él mismo habría dado cualquier cosa por tener el aprecio de su padre.

Golpeó el saco con más fuerza y pensó que no era quién para juzgar a nadie. A fin de cuentas, el pasado le había dejado una huella tan dolorosa como a ella. Y tenía razón, era un egoísta. Pero se equivocaba al pensar que su negativa a mantener relaciones estables respondía a una especie de fobia al compromiso.

En realidad, era por miedo. Las mujeres lo querían por su dinero y por su estatus social, y temía lo que pudiera pasar si se enamoraba de alguien y se arruinaba después. En consecuencia, se había acostumbrado a mantener relaciones superficiales que, en última instancia, siempre rompía él. Y pensó que Lena había hecho lo mismo. Solo intentaba protegerse. Por eso había insistido al principio en que mantuvieran una relación exclusivamente sexual.

Pero, ¿qué podían hacer ahora?

Golpeó el sacó una y otra vez, desesperadamente. Ni el pasado de Lena ni su propio pasado tenían la menor importancia. Solo quería estar con ella y convencerla de que le podía dar el amor que necesitaba. Solo quería ser suficiente para ella.

Sin embargo, estaba seguro de que no la convencería con palabras. Necesitaba pruebas. Algo que eliminara cualquier duda sobre sus intenciones. Algo como el matrimonio.

Si quería una ceremonia pública y un pedazo de papel, se los daría. De hecho, consideró la posibilidad de pedirle en matrimonio en un estadio lleno de gente, delante de todo el mundo. Pero pensó que sería excesivo. Lena se sentiría presionada, y con razón. Necesitaba que se sintiera completamente libre.

Sin embargo, antes de solucionar su problema con Lena, tenía que afrontar sus propios miedos. Y el mayor de sus miedos tenía un nombre, Jason, su hermanastro.

Seth siempre había sentido celos de él. Lo había visto varias veces cuando su madre seguía empeñada en mantener una relación mínimamente cordial con su exmarido. Pero él solo tenía ojos para el niño de Rebecca, su nueva mujer.

Seth sabía que Jason no tenía la culpa de nada. No quería que su hermanastro sufriera. No quería que se sintiera tan solo como él en ese momento. Así que se dirigió al despacho, se inclinó sobre el cubo y esparció su contenido sobre la mesa. Afortunadamente, no había tenido tiempo de tirar nada.

Alcanzó la carta, la abrió y la leyó.

Rebecca había escrito para rogarle que se mantuviera en contacto con su hermanastro. Parecía sinceramente preocupada por él.

Seth sintió una intensa angustia en el pecho. Había crecido solo, sin hermanos. Por primera vez en su vida, deseó vivir con alguien. Con una persona que estuviera a su lado y luchara junto a él.

Desgraciadamente, sabía que en el amor no había garantías. Lo cual significaba que estaba a punto de afrontar el mayor reto de su existencia.

Capítulo Trece

Los analgésicos de Gabe no le habían hecho efecto alguno. Le dolía todo el cuerpo, así que no podía trabajar.

–Será mejor que te vayas a casa. Ya te he pedido un taxi.

Lena se sobresaltó al oír la voz de Dion, que estaba en la entrada del despacho. No sabía cuánto tiempo llevaba allí, pero no se lo discutió. Su jefe estaba en lo cierto. No se encontraba en condiciones de trabajar.

–Gracias.

Cuando salió a la calle, se llevó una sorpresa doble. La primera, que no la estaba esperando un taxi, sino un coche grande, de color negro. La segunda, que el conductor no era un taxista, sino Mike, el piloto de Seth.

–¿Qué estás haciendo aquí?

–Te voy a llevar a casa.

Ella dudó, pero entró en el coche. Y cuando llegaron a su casa y descendió del vehículo, Seth la estaba esperando en la puerta.

–Tenemos que hablar –dijo él.

Lena no abrió la puerta. En lugar de eso, se

sentó en los escalones del portal. Un segundo después, Seth se inclinó y se sentó a su lado.

–Lena, necesito que me cuentes lo que te pasó con ese hombre. Necesito entender.

–¿Por qué? –preguntó ella.

Seth le puso una mano en el muslo.

–¿Crees en el amor a primera vista?

–¿Y tú?

Él se encogió de hombros.

–Hasta hace poco, ni siquiera creía en el amor…

–¿Hasta hace poco?

–Sí.

Ella guardó silencio durante unos momentos y, a continuación, dijo:

–Se llamaba Cam… Era mi jefe, y yo me sentía inmensamente halagada por su interés y los regalos que me hacía. Me llevaba chocolates, flores y joyas. Y me prestaba atención, así que me enamoré de él como una tonta. Yo era tan ingenua por entonces…

Lena sacudió la cabeza.

–Como ya sabes, me había dicho que estaba separado de su mujer y que iba a pedir el divorcio. Yo lo quería tanto que me negué a asumir la verdad cuando la tuve delante de mis ojos. Y, cuando por fin la asumí, ya no me importaba si estaba bien o mal. Solo quería estar con él. A cualquier precio. Quería ser la mujer de su vida.

–No fue culpa tuya, Lena. Te sedujo.

–No, no se puede decir que yo fuera una víctima. Sinceramente, se lo puse muy fácil. Y no lo

abandoné cuando supe lo que pasaba –le confesó–. De hecho, hice todo lo posible por romper la
relación que mantenía con su esposa. Necesitaba
que me quisiera.

–Es lógico. Buscabas su amor –alegó.

–Pero intenté romper su matrimonio, Seth…

Él la miró con intensidad.

–Dime una cosa, Lena. ¿Es cierto que te portas-
te así porque estabas enamorada? ¿O solo querías
ganar la partida a la otra mujer?

Lena fue completamente sincera.

–Quería ganar la partida. Quería ganar por una
vez –los ojos se le llenaron de lágrimas–. Me com-
porté de un modo despreciable.

–No. Eras joven y te sentías rechazada. No seas
tan dura contigo –dijo con suavidad–. Pero, ¿qué
pasó al final?

–Su mujer se quedó embarazada y yo me di
cuenta de que no se iba a divorciar de ella, de que
me había estado mintiendo todo el tiempo –contestó–. Sé que hice mal, pero lo quería tanto que
me lo jugué todo por estar con él. Más tarde, me
mudé a esta ciudad, conseguí el trabajo en el club
y me mantuve alejada de los hombres, esperando
que se presentara una especie de caballero andan-
te. Pero apareciste tú.

–Que no soy precisamente un caballero…

–Llegaste tú y me gustabas tanto que no me podía resistir. Hasta que me di cuenta de que quería
mucho más que una aventura y de que tú no me lo
podías dar. Lo nuestro solo era una relación se-

xual. Más tarde o más temprano, nos aburriríamos. Al final, me dejarías y seguirías con tu vida, hasta encontrar a alguien que te pueda dar lo que tú necesitas.

Seth la miró en silencio durante unos momentos. Luego, abrió la boca y dijo:

–En cierta ocasión, me preguntaste de dónde venía mi rabia. Pues bien, procede del dolor. Del dolor que no quiero sentir, así que lo disimulo con el enfado. Y ahora mismo, estoy más enfadado que nunca. ¿Cómo te atreves a decir que lo nuestro era una simple aventura? ¿Es que no reíamos, no hablábamos, no discutíamos por las decisiones de un árbitro en un partido de rugby, no hacíamos un millón de cosas además de acostarnos?

–Sí, claro que sí, pero…

Él la interrumpió.

–Deberías tener más fe en ti misma. Y en mí.

Ella sacudió la cabeza.

–Sé que no me podrás perdonar por lo que hice en el pasado, Seth.

–Sinceramente, no soy yo quien te tengo que perdonar. No me importa lo que hicieras. Pero tú te tienes que perdonar a ti misma.

Lena no dijo nada.

–¿Por qué te alejas de mí? ¿No te crees digna del amor? ¿Crees que no lo mereces? Eres una mujer maravillosa. Divertida, entusiasta, inteligente, bella… Tendría que estar loco para no querer estar contigo.

–Oh, Seth…

—Me parece increíble que, cuando por fin consigues lo que querías, lo rechaces.

—Es que no me había pasado nunca –se justificó.

—Solo era cuestión de tiempo. El amor se presenta cuando menos lo esperas. De hecho, habrías conseguido el amor de todo el equipo de rugby si les hubieras concedido una oportunidad… Pero me alegra que no se la concedieras –dijo con una sonrisa–. Gracias a eso, he podido luchar por ese corazón tuyo.

—No tienes que luchar por mi corazón. Ha sido tuyo desde el principio.

—¿Y por qué eres incapaz de creer que a mí me pasa lo mismo?

En lugar de responder, Lena preguntó:

—¿Podrás confiar en mí?

—Por supuesto.

—¿Por qué?

—Porque eres una mujer inteligente que ha aprendido de sus errores. Una mujer fuerte, leal y decidida a hacer lo correcto. Te he visto con esos chicos. Sé lo profesional que puedes llegar a ser, y sé que no pondrías en riesgo tu trabajo por tener una aventura con uno de ellos. En cambio, conmigo te has arriesgado mucho. Has sido valiente desde el principio. Y solo te pido que seas valiente ahora.

Seth le puso las manos en la cara y la miró a los ojos.

—Yo no creo en el amor a primera vista. Creo en el deseo a la primera vista –siguió hablando–.

Cuando nos encontramos en aquel pasillo, no te conocía; no sabía cómo eras. Pero ahora lo sé. Sé que eres apasionada y cálida. Sé que admites tus errores. Sé que me haces reír, que haces que desee cosas que nunca había deseado, y sé que te adoro.

—Pero estabas muy enfadado conmigo la otra noche. Desapareciste durante tres días.

—Porque me dejaste plantado y te fuiste sin concederme la ocasión de entender lo que había sucedido. Me dolió más de lo que puedas imaginar. Y como te he dicho antes, cuando algo me duele, me enfado. Me fui a Wellington y me escondí del mundo. Pensaba que no me querías contigo. No me di cuenta de que estabas tan dolida como yo.

—Oh, Seth... Por favor, dime que esto es real.

Él se inclinó y le dio un beso.

—¿Es que no te parece real?

—No estoy segura.

Seth la volvió a besar.

—¿Y ahora?

Ella no contestó.

—Bueno, tendré que ser más convincente...

Él sonrió y le dio el beso más apasionado y sublime que le había dado nunca. Un beso lleno de amor incondicional.

Cuando rompieron el contacto, ella susurró:

—Te amo, Seth.

Él volvió a sonreír.

—Lo sé. Ya me lo habías dicho.

—Pero ahora estoy despierta...

—Y yo.

Lena le pasó los brazos alrededor del cuello. Él la alzó en vilo y, tras abrir la puerta, la llevó al interior de la casa, donde se desnudaron y acostaron sin perder más tiempo. Lena se sentía la mujer más querida del mundo. Lo amaba con todas las células de su cuerpo, con toda la luz de su alma.

Al cabo de unos momentos, Seth se apretó contra ella y dijo:

—Aquel día, cuando nos encontramos en el pasillo del estadio…

—Me deseaste —lo interrumpió con humor.

—Sí, claro que sí. Pero deseaba algo más que tu cuerpo.

—¿Y eso?

—Había oído tu risa. Y me pareció tan femenina, tan sensual, tan maravillosa que… No sé. Pero, desde entonces, no deseo otra cosa que volver a oír esa risa —le confesó—. No escondas tu humor, Lena. Sé pícara conmigo, sé divertida, sé seductora. Cuando ríes, cambias mi vida para mejor. Eres la luz de mi vida.

Seth la abrazó con fuerza y, a continuación, tocó la venda que llevaba en la frente.

—Lamento haber dejado la facultad de Medicina. Si fuera médico, te habría dado esos puntos yo mismo y me habría encargado de que no quedara ni una marca en tu preciosa cara. No sabes lo mal que me he sentido al verte así. Quería cuidar de ti, pero tú no estabas dispuesta a hablar conmigo.

—Porque tenía miedo. Y estaba triste.

—Yo también estaba asustado. Tenías razón, ¿sabes? Sobre muchas cosas, empezando por mi hermanastro. He leído la carta de Rebecca. Y voy a hablar con él.

—Me alegro mucho, Seth.

Él sonrió y dijo:

—Necesitaré de tu apoyo. Aunque mi vida profesional haya sido un éxito, mi vida emocional ha sido un desastre. Y no quiero que seas desgraciada por mi culpa. No quiero que terminemos como mis padres.

—Dudo que corramos ese peligro. A no ser que me abandones.

—¿Abandonarte yo? Nunca. Creo en ti y creo en nosotros. Sé que nuestra relación puede funcionar... Y quiero que te cases conmigo.

Ella lo miró con asombro.

—Pero si no te querías casar...

—No me quería casar porque no había conocido a la mujer adecuada. Pero ahora la conozco. Y ya no quiero estar solo. Quiero estar contigo. —Seth le dio un beso en el cuello—. De hecho, no saldrás de esta cama hasta que me digas que quieres ser mi mujer.

Lena clavó la mirada en sus ojos azules.

—Tómatelo como un desafío... —continuó él, sonriendo.

Ella sonrió y, tras soltar una carcajada llena de felicidad, dijo:

—Oh, sí. Claro que sí. Por supuesto que me casaré contigo

Deseo

ONCE AÑOS DE ESPERA

ANDREA LAURENCE

Años atrás, Heath Langston se casó con Julianne Eden. Sus padres no habrían dado su aprobación, por lo que cuando el matrimonio quedó sin consumar, los dos siguieron caminos separados sin decirle a nadie lo que habían hecho.

Una desgracia familiar obligó a Heath y a Julianne a regresar a la ciudad en la que ambos nacieron, y a la misma casa. Heath estaba ya harto de vivir una mentira. Había llegado el momento de que Julianne le concediera el divorcio que ella llevaba tanto tiempo evitando... o de que cumpliera la promesa que se reflejaba en las ardientes miradas que le dedicaba.

¿Se convertiría por fin en su esposa?

¡YA EN TU PUNTO DE VENTA!

Bianca.

Cuando los opuestos se atraen…

Damaso Pires no debería haber mantenido una relación con Marisa, la escandalosa princesa de Bengaria, pero pronto descubrió que, además de su extraordinaria belleza, su bondad tocaba algo en él que había creído destruido por su infancia en las calles de Brasil.

Pero su breve aventura iba a convertirse en algo serio cuando Marisa le reveló que estaba embarazada.

Damaso sabía lo que suponía ser hijo ilegítimo y, después de haber luchado con uñas y dientes para llegar a la cima del mundo financiero, no pensaba renunciar a ese hijo. Solo había una manera de reclamar a su heredero y era el matrimonio.

HARLEQUIN Bianca

Annie West
Me enamoré de una princesa

Me enamoré de
una princesa

Annie West

Deseo

ESCUCHANDO AL CORAZÓN

JULES BENNETT

Royal, Texas, era el lugar ideal para que Ryan Grant, una estrella de los rodeos, cambiase de vida y le demostrase a Piper Kindred que era la mujer de sus sueños. Cuando esta corrió a cuidarlo después de que él sufriese un accidente de coche, Ryan se dio cuenta de que seducir a su mejor amiga iba a ser mucho más fácil de lo que había pensado.

Sin embargo, Piper sabía que era probable que Ryan quisiera volver a los rodeos, y que corría el riesgo de que le rompiese el corazón. No podía permitirse enamorarse de un vaquero...

Ya no era dueña de sus sentimientos

[5]

¡YA EN TU PUNTO DE VENTA!